姚惟民 著

夕光碎影

九 州 出 版 社
JIUZHOUPRESS

图书在版编目（CIP）数据

夕光碎影 / 姚惟民著. -- 北京：九州出版社，

2025. 1. -- ISBN 978-7-5225-3497-8

Ⅰ. I217.2

中国国家版本馆CIP数据核字第2025W1W240号

夕光碎影

作　　者	姚惟民　著	
责任编辑	邓金艳	
出版发行	九州出版社	
地　　址	北京市西城区阜外大街甲 35 号（100037）	
发行电话	（010）68992190/3/5/6	
网　　址	www.jiuzhoupress.com	
印　　刷	北京星阳艺彩印刷技术有限公司	
开　　本	880 毫米×1230 毫米　32 开	
印　　张	9.875	
字　　数	180 千字	
版　　次	2025 年 3 月第 1 版	
印　　次	2025 年 3 月第 1 次印刷	
书　　号	ISBN 978-7-5225-3497-8	
定　　价	46.00 元	

序 言

这些文字写给自己，给我的母亲和父亲，

也留给你，读这些文字的人。

生活并非总是那样有趣，生活也不尽然平淡乏味。

生命就是在这些时有时无、似有似无间的寻常中度过。

时光荏苒，一些诗句，一段旧事，记录下来，就成了一本书。

目 录

序 言

诗 歌

131　旧体诗

145　长短句

155　长联

随 笔

诗歌

—— 现代诗 ——

山 谷

走进山谷，

拉紧我的手，

触摸冰冷的暗夜，

看天空曲裂一条黑色的河。

星星在天水里闪烁，

山隘的树影浮出珊瑚的轮廓，

没有了白日嘈杂，

冥想中，

只有孤独的游魂，

和着月色，

吟唱一支古老的哀歌。

走出山谷，

拉紧我的手，

冲出雾霭朦胧，
回看晨曦漂染了云天，
直到满眼的红消散。

绿色缀满山崖，
天上流淌的河，
变得狭长湛蓝。

对着山谷，对着那片
消失了黑暗
狭长的蓝天。
我们一起，
手牵手，
放声喊。

依稀，
听见，

空谷回音，

生命从这里走过；

依稀，

感悟，

生命的亘古遥远。

遥远的心灵

当大地还未苏醒的时候——
我听见了风动。
月夜竹影，
和吹弯的黑压压竹梢，
鸟儿层层叠叠
传出吱吱呀呀的躁动。

我还听见玫瑰的花瓣，
盛着清露，
轻轻展开曼妙的裙摆，
窸窸窣窣，
一层一层。

当大地陷入静寂的时候——

我看见竹篱爬满了老藤，
风带来温热，
和风吹来的一串串紫色，
随风飘摆。

我还看见曲卷的云朵，
画在湛蓝的天空。
一只鸟孤寂飞去，
水，镜子一样
映着纯净的天蓝
和岸边的景色。

当大地还没苏醒的时候，
当大地陷入静寂的时候，
我用心灵感知，
那片高山湖泊般的沉静，
去听远方飘来的一曲弦歌，

乘着篷船，
一线波逝，
从荷塘，
入心房。

无 题

乌鸦张扬地振翅聒噪，

迎着刺目的日光，

炫耀着黑亮光鲜的羽毛。

远山，

一只纯白色的山羊，

从云端，

沿着陡峭的山径，

纵身山涧，

似一道闪电，

划入神秘之谷。

夕阳一点点地走了，

山巅垂一片巨大的阴影。

在腐臭蒸腾的暮色中，

魂灵在云中起舞，

用远古人类的虔诚，

绘出末日死亡的图腾。

致小鸟

小鸟说，
明天我要长出翅膀，
明天我会歌唱。
我要
迎着太阳，
飞向蓝天，
寻找天堂。

太阳温暖地笑着，
告诉小鸟：
那时你慢些飞，
轻些唱。
无尽的草原，
飘走的云朵，

浪漫的老树，

还有我为你编织的金色衣裳。

小精灵，

等待明天，

那就是你的天堂。

影

日光下，
几个小童，
嬉戏追逐。
尖叫
踩踏，
我和你
跳动的身影。

太阳撒一把光束，
一份给了
兴高采烈的小童；
另一份留给
远处
一对步履蹒跚的人。

他们身后，
也是光影。
连结在一起，
斜斜地
分不开。

喧闹和远去的缓慢
织成曲谱

无言的歌。

心中的地平线

所有的乌云排山倒海，
所有的闪电击穿人们苍白的灵魂；
所有皎洁的月色被拖入黑幕，
所有的真诚祭奠给了虚伪丑陋的亡灵；
所有的火山喷薄出炽烈的岩浆，
所有的爱情纵情蓝色的火焰化为灰烬；
所有的阳光沉入海底，
所有的希望被绝望齑粉。

当所有的一切都成为过去，
一颗金色闪亮的星，
在天角，
那片净土，
启明。
拨亮我心中的地平线。

淡淡的梯田

淡淡的一方赭红，

淡淡的几畦新绿，

淡淡的一弯嫩黄，

淡淡的几点桃红，

淡淡的一抹薄雾，

淡淡的一丝微寒。

风不动，

云不走。

朦胧的田野，

浮动着一点淡蓝色的身影。

清冷的雾帐里，

飘出一支清凉的歌。

风动了，
云走了。

水镜映天，
微光溢彩。

俯览，
风景。
远眺，
天堂。

崇 拜

年轻时
我崇拜，
为了崇拜，
懵懂中，
青春点燃
炽热沸腾的血浆，
烈焰喷涌！

如今
漫过人生旅程，
我崇拜。
却不是因为
当初的懵懂，
任凭思想，

字节闪动，
心底波澜
汇入
浩瀚无际的海洋。

仰止，
镌刻在历史之巅，
耀眼璀璨的名字，
毛泽东。

梦 寻

黄鹂在空中，
划了一道艳丽的橘彩，
橙黄穿过了寂静的田野，
掉入浓荫遮蔽的村庄。

风吹落了，
一地苦楝子，
树丫上的白头翁，
你看着我我看着你。

水塘静静地躺在那里，
风动拂影，
里边全是星星，
和阵阵蛙鸣。

路边的一片白杨林，

树尖和树下，

几羽守候的青脚鹭鸶和

一只咕咕叫的芦花鸡，

伴着儿女，

都是妈妈。

还有老井旁的那片黄花地，

翠蛇缠绕在老梨树树杈，

梨子落入草窝

草窝浔熟了果实，

飘出淡淡的香气。

很久很久，

就像是故事。

现在它们

都不见了踪影。

平静的村庄，
苦楝树和杨树林，
水塘里的星星和老井
和老井旁的黄花地。

还有安居在那里的房客们……
他们都哪去了？
梦寻……

归 真

人们衣着光鲜，
面带倦容，
行色匆匆地挤在
一条永远走不到尽头的高速路。
我却落在后头，
推一辆老牌儿自行车，
不跟
也永远跟不上。

人们不停地交谈，
在电波中，
不舍昼夜。
我却伫立田野，
听鸟儿歌唱，

看蝶儿起舞，
享受风景。

人们飞越空中，
一站到底。
快速而麻木地，
终结旅游带来的惬意。
将几百帧照片，
带回家中。
我却宁可徒步，
肩背行囊，
走在乡间小路，
或沿着草绿山径，
踏歌独行。

当夜深沉，
戏院里歌舞升平。

生旦净末丑，

把人生演个干净。

我更愿意在荒野，

仰望天穹，

看满天星斗，

听万籁低鸣。

人们慨叹生命对人如此短暂，

我却说光阴对我很长很长……

倘　若

倘若一天梦醒，
我的身体，
不能自由地伸展，
带我去世界旅行，
快乐地拥抱人生。
留下的只有
苦痛和笔直的脊梁，
伴我跪坐在窗前，
眺看屋外
春天吹来的风景。

倘若一天，
我的脊梁被残躯捆绑，
轰然垮塌！

只剩下黑色的眼睛，
引导我去阅读，
去探寻：
晨曦浮现在地平线上的天书，
和深处人们美丽透明的心灵。

倘若一天，
我的眼前茫然一片，
生命失去了意义。
但还有搏动滚烫的心脏，
和思想在脑海里澎湃汹涌，
倔强绝不停歇。

直到那一天的来临，
寒风叫心脏不再跳动，
黑夜叫大脑不再思想，
只剩下灵魂熠熠发光。

梦沉千年。

倘若那灵魂依旧闪亮，

那就是我，

对生命的

眷恋和畅想。

如 烟

偌大一方地，
红橙黄绿
青紫蓝。
水袖波动，
绫罗丝缎。
胭脂淡抹，
重彩勾脸。

你方唱罢，
我也唱。
台上，
台下。
人影浮隐，
灯火迷乱，

五色斑斓。

也是角色，
也是看客。
也是舞台，
也是人生。

戏梦，
幻远如烟……

童年心境

天清凉的时节，
微风吹来了草香。
也带来
一夜雨后湿润的泥土，
和一汪
映着天蓝的水洼。

我对着天空，
轻轻地喊，
请
帮点忙。
给我一缕阳光，
给我一点儿花的影子和芬芳。

光束从云的缝隙闪出。

淡白色的蒲公英，

蓬松摇曳，

随风轻扬；

紫色的喇叭花攀挂在竹篱笆，

点点星星；

还有一树

悄悄绽放的野丁香。

今天

这里是我的园地，

我要在这营造心中的风景和天堂。

和着浆水，

我的双手，

把泥土细细抚摩呈光亮起伏的山丘，

那汪浅浅的水洼，

便是山丘旁的湖泊。
绿茵茵的小草，
宛如一望无际的森林，
几条干枯的树枝，
成了横亘在山道的古木。
一队过路的蚂蚁大军熙熙攘攘，
绕过一颗硕大的鹅卵石，
毫不停歇，
前赴后继。
杂乱的队列上，
拥抬着一只垂死的美丽瓢虫。

院墙后的槐荫，
躲了一只柳莺，
吃惊地叫了几声。
几只麻雀离远处，
似白垩纪翼龙起起落落。

风景在那了，
还有风景外的天堂。

天一点点暗了，
色彩变得模糊。
夜降临，
那风景，
只剩下水洼里的水，
月光下，
些许微光，
时辰就像连结远古的隧道，
夜无声息地走了。

晨曦惊醒了黎明，
也惊醒了我。

天光明。

一行巨大的脚印，

重重地深印在了昨日的风景天堂……

身 影

秋水浮映着你颀长的身影，
轻轻
轻轻地
从遥远的天边，
掠过一缕柔风，
泛起水中细碎的縠纹，
在你睿智的额头，
添满岁月的留痕。

直到风远去，
温暖的阳光
抚平你旧日清俊的面容。
秋叶从你身边飘过，
还有几朵无名的小花，
荡漾在你唇边，

点点绯红。
仿佛回荡在幽深的河谷，
青春的笑声。

依稀送走一只篷船，
荡着月色，
沐着星光，
隐没在岸边摇曳的苇丛，
撑向很远很远的梦。
等到秋水褪色，
等到茫茫的雪
覆盖了寂静的冰层
和你沉没的身影。

春可曾再来，
或许还有人记起
水中孤独的灵魂。

难

——哭廖笠暨首东

相见时难
别亦难。
人行远，
天地间。

离影匆匆，
泪盈朦胧。

欲问归期
未有期。
不复见，
难复见。
何日见！？

音容宛在，
音容不在。
难……

致西方某些人

虚伪的沃土长了两株怪树，
一株叫偏见，
一株叫谎言。
它们缠绕在一起，
从不分离。
冬日开一树诡异之花，
结出有毒的黑色浆果。

有一座晶透洁白的雪山
叫真相；
有一条不舍昼夜的大河
叫真理。
它们也在一起，
从不分离。

毒木终会枯死。

无声无息。

雪山和大河，

亘古至今，

就在那里。

巍峨耸立，

长流不息。

＊谎言千遍也不能成为真理，某些人至死都罔顾这个真理。宋人
刘禹锡诗句"沉舟侧畔千帆过，病树前头万木春"一并送给西方
某些无耻之人。

畅想永远

我不知道
生命的里程
还有多远……

如果是一朵飘舞的蝴蝶，
翩翩在花海，
飞过一季美丽的夏天。

如果是一只解人意的狗儿，
同快乐的主人，
在一起
用二十年的陪伴。

如果是一株老树，

茂密的树冠，
鸟儿世世代代以它为家，
它却无私地矗立旷野，
一站就是百年。
我不知道生命用什么计算，
或许生命从来就无从计算。

放飞吧！
插着翅膀的灵魂。
生命荧光，
点燃青春发亮璀璨。
纵使时光已近暮年，
眼含热泪，
拥抱吧！
管它是十年，二十年
还是曾经畅想的永远……

永恒的队列

那是没有尽头的长队，
加入者络绎不绝，
风景从身边掠过，
旅行者浑然不觉。
身后漫长的路，
渐行渐远……
把下沉的夕阳，
落给了尚有余温的
地平线。

人们走走停停，
不论到哪
总是有人扭头停歇
相互问询：

你为何而来？
又缘何而去？

"终老无所虑，
听从上苍的召唤。"
盖棺正寝者坦言。

"因为疼痛，
绝望的苦难！"
病容憔悴的人悲吟。

"是战争驱使我们入列，
无尽的杀戮，
泯灭良知人性。"
士兵和被他们裹挟的
妇女和孩童低语。

"爱和逝去的浪漫，
那是唯一！"
悲伤决绝的面孔
令人动容。

走在队伍末端的，
不与他人言语。
焦躁、阴冷、卑鄙、不安。
他们只是为自己，
什么都干！

永恒的队列。
雕刻在历史的长城。

在队列最前边的高大身躯，
头也不回。
他们的声音

在山岭翠谷回荡。
"为和平正义！
让真理自由永存！"

行走的人们戛然止步，
用惊讶的目光，
送他们远行。

从黎明，
到黄昏。
直上云天……

记 忆

守着一只白色的纸盒，
等入夜人稀，
贴近静静地听，
里边春蚕享用桑叶，
沙沙细碎的声音。

用赭红的砖，
和没了生命的老木，
搭一座宫殿。
每天清晨，
打开古朴的宫殿之门，
看毛茸茸雏鸡
瞬间的拥挤、奔跳、蹦飞……
就像看见糖果瞳孔发亮的孩童。

田野里，
同花丛中飞舞的蜜蜂
飘来飘去的蝴蝶挥别，
它们的生命旅程如此短暂，
又如此繁忙浪漫。
这是个寻常的夏日。
但对它们，
既是第一个，
也是最后一个。

天边飘来童声：
小鸟在前边带路，
风儿吹着我们，
我们像春天一样，
来到花园里，
来到草地上……

抹不掉的记忆，
像秋风吹落的一池塘星星，
闪闪发亮。

童 戏

拖了棍棒，
各路草莽好汉，
报得名姓，
拼仗。
搅得脚下黄土飞扬，
兵乱古战场。

用根滑石笔，
画下城池，
攻守各一方，
互不相让。

掠城的，
趾高气昂；

失地的，

一脸沮丧。

你来我往，

直到城界，

被鞋蹭拭抹净。

还有一群，

忽聚忽散。

逃的是贼，

追的是官兵。

贼洒脱躲闪，

官兵在后气喘。

直到天将晚，

发声喊，

鸟兽散。

童戏

雾起云端，

亦真亦幻。

不似梦中，
恰在梦中。

人

"我从不说谎。"
诚实的人对说谎者复言。
"可说真话让我寸步难行。"
说谎者微笑地对诚实的人说。

两人沿着历史的河岸，
趟着蜿蜒的草径，
走各自的路，
渐行渐远……

大风过后，
他们的身躯
成了水中颤动的剪影。

映入天空，
沉入深潭。

吻

浮在你唇边，
总是有
些微浅粉色的温暖。

轻轻地吻，
有一点儿甜，
还有一点点淡……

长眠者

这是一片墓地。
我在那儿长眠。

新到的陌生人，
躺在我的隔壁，
隔着敲不开的棺木，
用只有我们能听见的声音，
同我搭讪。
"可曾知道？
在您的墓地，
小草芳茵成毯，
森林把荒冢，
绿成小山，
遍野的鲜花，

星星点点。"

"感谢你，我的朋友！"

我对他说。

"我不知道。

因为离开太久、太远……"

我来这儿的时候，

脑海的记忆——

还是一块孤独的松岗。

真想回去一看。

只因长眠，

不能苏醒。

过了许久，

新到的客人同我一样，

深陷在阴冷无尽的黑暗。

我们忍受寂寞，

隔着棺木听，
外边人听不见的……
清泉淙淙，
灵魂深处
流动的音符。
恰似远方田野，
断续的牧歌。

后来我们熟悉彼此，
用我们的方式谈天。
直到把所有的天都谈完。

如 果

——致儿童的节日

如果人生是一幅图画，

我对着画里茵茵小草，

寂静的山林，

和林中自由的小鸟，

湖泊里的小鱼，

祈祷。

"你们……"

鸟儿啾啾地鸣叫，

鱼儿在水里悠然地冒一串小泡，

远方徐来的风，

中断了我的祈祷。

"还有你……"

它们一起说。
啊……不，不
我说。
我只是一块堆满油彩的调色板，
你们才是那五颜六色！
如果人生是一本童话，
微风翻动了书的扉页。
我愿回到从前，
书的印记。

像昨天一样，
天真无邪。
对着星空，
遐想……
期盼明天的礼物
和快快长大。

唱着春天的歌，

走向无垠的绿野。

青菜青，

绿盈盈；

辣椒红，

像灯笼

······

请别笑话，

我是一个梦中的梦中人，

六月的时节，

在月色满楼的小屋，

梦寻

花一样的年华，

追逐，

远去的童话。

多 想

夕阳
把树影
挂满院墙。

心影
随树影
浮动。

无言的歌，
隐约，
断续，
搅扰心底。
……

如果

能回去，

青春

只有一天；

我愿意

用余生

去交换······

哪怕

只有一天。

球 戏

—— 致一坨无脸男人

就那么一脚，
足球划了一道
美丽的弧线。
飞进了
隔壁的篮筐……

也那么一投，
篮球抛出了
卓越的意外。
错进了
绿茵场的大门……

黑衣人果断地

吹响了哨声。
宣布
进球有效。

场外爆发出
雷鸣般的掌声
经久不息……

你曾告诉我

你曾告诉我
同我在一起阅读写字的生活光景。

你曾告诉我
同我在一起梦寻中相互依偎的真情。

你曾告诉我
素月悬空寂寥清冷的惆怅心境。

你曾告诉我
旭日临海跳跃愉悦的瞬间心情。

我不知道呵
哪个是昼？哪个是夜？

哪个是形？哪个是影？

待到雪霁无痕的时候。
待到春草绿遍郊野的时候。
待到花儿艳的时候。
待到鸟儿歌唱的时候。
待到天被染蓝的时候。
待到阳光灿烂时候。

或许你要对我诉说，
等一等，
在墨蓝的星夜，
大野静音。
不！不！不！
请别熄灭我心中的希望，
让那孤独的躯壳永远有一颗珍珠
深藏其中。

请别破碎那绮丽的梦。

那是海市蜃楼的美景。

那是浮现在天边七彩的虹。

想

浪漫云天

你在

梦中想

我却想你

难以

入梦

我用心歌唱

我用心歌唱，
烟雨暮春，
带露的花蕊，
吐着缕缕
沁人心脾的馨香。

我用心歌唱，
仲夏天籁，
漫舞的萤光，
星星点灯，
月亮为夜梳妆。

我用心歌唱，
晚秋流火，

心潮逐浪，

染就了枫的黯红，

银杏的嫩黄。

我用心歌唱，

冬日素妆，

冰河倒映的山峦，

紫雾弥漫着

晨曦里生命的红光。

我用生命歌唱，

田野的绚烂是爱的华章，

空谷的回音是浪漫的交响。

直到有一天我的心不再跳动，

那又何妨！

我的歌早已伴随我的心音神驰天堂。

死 亡

残阳
沉隐西边。
金色的尘埃
播撒在落暮中的山涧。

静的没有一丝微澜的平湖，
水映着
镜一般的光影。

天际。
远山。
苇丛中，
斜刺里一叶轻舟，
撕开落日熔金般的绸缎。

唱一曲悲歌，
载走一船苦难。
一点点，
一点点，
箭一般，
驶向黑暗。

死亡对生命微笑，
些微声响，
你也听见，我也听见；
死亡与暗夜同行，
枯木魅影，
你也看见，我也看见。

寻找光明

静夜，
烛光摇曳，
零乱的碎影。
人孤独，
踯躅天边行。

漫起清凉的风，
推摇着树冠闪舞，
花洒路边
破碎的网影。
耳聆，
叶浪，
似小溪潺潺浅吟。

夜之梦。

乌云遮蔽了星空，

闪电划破寂静，

飞鸟惊悚地叫喊着，

见证了黑暗的惶恐。

晨曦。

地平线。

金色的束光冲破紫红的帘幕。

我看见呵，

我看见，

那人点燃了火种。

阴阳界，

云与雾的交割，

熔化在血色光明。

幸 福

花的幸福
在黎明。
等待日出
映红妩媚的笑妍，
卷伸花瓣的温柔，
万种风情。

蜂鸟的幸福
在花丛。
吸吮着甜蜜，
轻盈飞舞，
传递爱的呓语，
绵延，
兰蕙香芷，

芳菲缤纷。

我的幸福
在梦中。
白日播撒
希望的种子，
金色的收获，
在夜深沉，
人入静。

逝去的梦

很久，很久，

那逝去的梦。

青灰的叠瓦，

淡淡的炊烟。

屋檐下，

呐喊一片；

房脊上，

挥摇飘舞

点点鲜红。

白鸽在蓝天盘旋，

笛哨随清新的空气鸣啭。

风景，

凝固在心间。

很久，很久，
那逝去的梦。
荒芜的草丛，
淡紫的牵牛，
花心点点。
古老的寺院，
孤寂，
无言。
悠然，
一声清亮的钟鸣，
余音袅袅，
飘远。

很久，很久，
那逝去的梦。
月亮温柔地笑着，
树影浮出墙院。

天外闪亮的星。
大树下
几只竹凳，
三三两两
摇动的蒲扇。
闲散，
飘出抑扬顿挫的声调，
心泉，
如歌，
淌出欢乐的小河。

很久，很久，
那逝去的梦。
母亲吟唱着谣曲：
弟弟疲倦了，
眼睛小。
眼睛小，

要睡觉。

梦寻，
玫瑰色的童年，
金子般的梦。

很久，很久，
那逝去的梦。
很久，很久，
那逝去的梦，
逝去的梦。

童 谣

星星潮，
月色涨。
弟弟妹妹入梦乡。

天红红，
地光光，
弟弟妹妹快起床。

快起床，
去学堂，
好好学习，
天天向上。

无 题

簇簇升起的礼花，

在天堂，

炸散。

千红万紫，

飘落在人间

阡陌纵横

炙烤得焦黑的路。

闪亮缓慢地流动。

银灰，

紫蓝，

艳红，

鲜绿，

编织

呈网结上

点缀的彩珠。

所有的一切都碾过现在。

所有的一切都驶向未来。

生命的年轮，

只是那一瞬间，

令人目眩；

生活的轨迹，

偏离，

太多的改变。

青丝结成白发，

泪水风干。

斜倚古老的城墙，

沐浴在熔金般的橙红。

我合上双眼，

用平静的心，

回眺往昔，
静祈，
寻梦田园诗篇。

湖边，
无声的小径，
浮动露珠的叶脉，
伏着两只鲜红镶绣了
七星铠甲的小虫，
浪漫被隐入草丛。
遥远，
碧野连天，
斑斓的山雉，
披五彩冲入云端。

别惊扰我，
喧闹的世界，

那是我的天地。
企盼，
时光倒流。
迷恋，
缤纷的寂静，
醉人的光阴荏苒。

瞬 间

只那么一瞬间，

盘旋在金色的温暖，

一只秋叶，

轻盈地飘落，

打破池塘的沉静。

波散，

碎了水中醉人的风景。

花也乱，

草也乱；

水影乱，

人影乱。

流光溢彩，

落英缤纷。

只那么一瞬间，

一切回复到平静，

一脉碧绿，

点点绛红，

白云在水中走，

浪漫在云中行，

还有你我

清晰的身影。

秋之祭

向日葵醉了，
摇曳婆娑，
幸福的笑靥，
映着一枚暖暖的黄太阳。

小雏菊害羞了，
九月的风，
吹开爱的心扉，
花蕾在金色中绽放。

石榴涨红了脸儿，
乐得合不拢嘴，
把心中的秘密，
统统炸裂给你看！

还有你，
我的心上人，
笑染红了面颊，
在秋天的日子里，
似向日葵，
似小雏菊，
似红石榴，
灿烂如花。

保 鲜

在毒焰燃烧的末日，
残阳为枯木镀金。
追循着金粉飞扬的光束，
一只亢奋的小虫，
挣扎地躲进了它的宫殿。
没有了声音，
没有了生命，
充满着荒唐的寂静。

一年又一年，
经历了无尽的漫长，
直到有一天，
蜕变成琥珀里

尘封着

鲜亮完美的小虫。

天堂烛影

在走入坟墓前，

我先去了天堂。

穿过水蓝的天屏，

沐浴在沁人的熏香，

那是一片圣洁的地方。

天棚缀满

淡绿的酒花，

桔色的香橙，

鲜红的草莓，

葡萄紫色晶亮。

在那里，

我品尝了棕红鲜亮的佳酿，

一点点酸涩，

一点点呛，

还有甘醇绵长。

酒精点燃了爱的火苗，
飘闪的烛影
映红了忧郁苍白的面庞。
一切都那么美好，
一切都充满了希望。

时光无言地记录，
一分一秒雕刻在天堂。

叮咚，叮咚，叮咚……
你可曾听见，
启程的钟声已鸣响。
告别了万紫千红，
告别了烛光，
告别了美好，

告别了希望，
回到眷恋着的家乡。

人们惊奇地看着我，
眼中充满忧伤。
我却微笑着，
轻轻地说，
祝福我吧，因为
在走入坟墓前，
我先去了天堂。

爱的墓志铭

爱，
我不懂，
又怎能懂。
曾经相遇在七彩云霞，
你在天幕匆匆划过，
却只留下浪漫印痕
与我结伴远行。

爱，
我不懂，
又怎能懂。
用生命的调色板，
涂抹着绚丽的油彩。
你迷恋金银的闪烁，

青铜的锈迹斑驳，
而碧绿与天蓝
是我一生的憧憬。

爱，
我不懂，
又怎能懂。
万花筒里的姹紫嫣红，
旋转着瞬间变幻的奇妙，
你微笑着，
叹息。
我却沉浸在
冬日
冰凌的剔透晶莹。

直到有一天，
爱远离了灵魂，

飘然而去；

直到有一天，
香草和鲜花
铺写成墓志铭，
告诉在此驻足的人们：
这里埋葬了，
浪漫，
憧憬，
和一个纯净美丽的梦。

一个灵魂与上帝的对话

一个灵魂飘离尘世，

叩响了天门，

去寻找属于它的栖身之地。

上帝知道了，

问那孤独的灵魂：

来自地界的子民，

你为何忧心忡忡？

灵魂不屈地说，

为了正义！

在蜡梅孤独傲然的时节，

等不到春天的来临。

上帝又关爱地问：

来自地界的子民，

你缘何愁容满面？

灵魂怅然：

为了理想。

在百合花的花季，

失去了属于我的洁白纯净。

上帝俯下身去：

来自地界的子民，

忧郁为何布满你青春的容颜？

灵魂充满了忧伤：

为了爱情。

那束燃烧的红玫瑰，

带走了我心中所有的浪漫。

上帝听后沉默不语，

神色黯然。

从此天苍一隅，
年年岁岁，
嫩黄的是蜡梅，
洁白的是百合，
艳红的是玫瑰，
锦簇花团。

月 景

月亮碎了，

散在水中。

揉软了

水银般的波动。

天不管，

吹一丝细风，

山前落几滴雨；

送几朵云，

躲在苍穹，

懒懒地舒缓轻灵。

林蛙鸣响了水雾中的响板，

螽斯断续着清亮的琴音，

黑苔下的洞穴，

蟋蟀快乐地歌唱，
爱的醉吟。

云卷走了风，
风挟走了云，
月晕蒙蒙。
只留下散落的雨，
飘洒山林，
溶在婆娑绰影。
天穹月色朦胧，
泛起一个墨蓝晶莹的梦。

女人歌

生 命

徜徉在粉红色的湖泊,
沿着柔软的湖底自由伸展,
去触摸爱的甜蜜与温暖。

女 婴

清亮褐色的瞳仁,
映着蓝色的纯净,
生命中第一次惊奇,
鸟儿穿行洁白的云朵,
云朵在天空飘行。

少 女

牵牛花静悄悄地攀出灰色的院墙，

紫丁香任性地绽放着笑妍，

馥郁馨香在空气中躲闪，

看你管不管！

少 妇

漫天星辉。

挂一排大红灯笼，

窗外烛影映夜，

绣帐里，

浪漫羞红了脸。

只等天明，

那一泓清潭，

浮几片玫瑰碎瓣，

点点猩红。

余 晖

走过姹紫嫣红的花季，
在秋色满天的日子里，
落日黄昏。
林梢，
抹一缕
浓浓的桔红。

无 题

水冻了，
结成冰，
残荷成了冰中的景。

梅谢了，
春留不住，
零落成泥，
沁香
漫远。

梦中的男孩儿

树尖挂了一弯新月，
桂影婆娑。
小木屋里
梦着幸福的男孩儿。

每晚
沿着无际的银河，
守望辉映如水的遥夜，
挑起流星划破星空的弧光。

一颗，一颗
钓走漫天的亮闪，
直到
留下天边

金色的启明，
心中的浪漫。

期 盼

风润山野，
拂乱细密的雨丝，
河塘春水盈盈，
水中栖着山雀的倒影，
花香在空气中浮动。

又逢三月暮春时，
青绿了禾苗，
暗红的是紫云英，
还有田野里的小花，
点点星星。

是谁在期盼？
梳妆好，

欲羞含苞，
玉立薄雾中。

只等放晴的时辰，
太阳跃出山巅，
映得漫天红光一片，
催开九百里鲜花，
万紫千红。

心 境

小河哗哗地笑着，

映着蓝天，

载着青峰，

浮着花影，

漂着草青，

带走了我心中永远的眷恋，

带走了明日斑斓的梦，

去一个遥远的地方，

无尽地流，

一去不回头。

颠倒的世界

人们说忘记过去，
我却失语未来。
直到有一天，
落山的太阳从西边升起，
刺目的白光渗透了瘆人的冰冷。
在一个乾坤颠倒的世界，
白昼挂一弯新月，
星星张开火红晶亮的瞳孔。

黎明的红焰将希望融化在天空，
黄昏的落日把冥想拖入黑暗。
月亮，
水银，
太阳，

橘金。

带着看不到希望的绝望，

踏上走向墓地的苦难旅程。

轮回的梦魇

—— 致疯狂的投资人

子夜，

黑幕云中。

风冷时，

闪点点魅影，

一双魔手，

捧一捧罂粟种子，

扬撒播种。

绕过了夏的喧闹，

走出秋的慵懒，

给冬留一畦青葱叶片，

只等日暖，

红艳映天，

采撷百里香花，
收获盈满毒浆的果实。

待来年，
星星夜，
黑水畔，
栖两株衰柳，
云雾朦胧，
把复播的毒核，
遗赠
给贪婪的痴梦人。

生命的节奏

一个月亮微笑的夜，

丑陋与卑鄙合谋，

劫持了脆弱的生命，

两双肮脏的手，

从云缝罩向大地，

用一条粉红的丝带，

将鲜活灵魂，

结挂在古榕树上，

那枚黑暗中

泛着幽蓝的定时炸弹。

爱情在地狱的十字架上疯狂起舞，

滴滴答答的马蹄声，

在生命的崎岖小径的末端断续，

等待着的是悲剧的终结，
光闪灼目后的
那片灰烬。

腐

橘园的橘子红了，
落入草丛。
温暖捂熟了果实，
白色的丝绒，
被甜蜜催生。

一只孤独的鸟，
被冒烟的枪管震落，
空中的瞬间，
片片翎羽旋散。

美丽沉浮在碧水，
挨过了一个个黄昏，
直到浮游生物

无情地吞噬，
那肿胀的生命。
强盗扭着不屈的头颅，
听凭下落刀剑
灼目的光闪。
黄泉阴冷处，
唱了几百年的歌，
破棺时，
还是黄土地
埋藏的那具锈色的骸骨。

轮到你们了，
你们怎么办？

生命从阳光走向黑暗。
生命在忏悔中堕入地狱。

阴阳界

我在这边，你在那边，
横亘心中的是那脉蜿蜒秀绿的山，
还有山涧流映清亮的泉。
太阳温暖地笑着，
喷洒漫天的金雾，
浸染了山林，浸染了绵延无尽的荒草，
浸染了你，也浸染了我。

我在这边，你在那边，
沉浮心中的是一片墨色溢满的湖，
还有天际载着时光
漂流的河。
月亮无言地沉默着，
织出清冷缥缈的白纱，

冰凉了山影，冰凉了溪水闪动的流荧，
冰凉了你，也冰凉了我。

我在这边，你在那边，
很远，很远，
隔着天上的山，天上的水，
朝朝观一轮日升，
夜夜守一轮月上。
融化在晨曦中的是过去的美好，
凝结在月色里的是遥远的希望。

我在这边，你在那边，
身在这边，心在那边。

再 生

我祈求，
压在我身上的
那方厚土。
许多年了……
松些吧，
给我透一丝空气，
只要一点点。
太久了
沉睡在阴暗。
我呼吸不到
自由的草香。

我轻轻地触碰蒲公英的根茎，
跟它悄声耳语：

帮帮我，

我需要，

走出春风拂绿的田冢，

借你的花衣，

和着温暖，

撑开白色的伞，

随风起舞，

飘很远很远。

我一直在等待

每年的春天……

直到那天，

盗墓人的声响把我弄醒，

他们动了泥土

和腐烂。

一缕幽冷的月光，

带来了久违的温暖。

我乐享遍体鳞伤的自由，
纵有粉身碎骨，
也心甘如愿。

又过了许久，
我进了博物院，
静静安躺在那里。

人们每天络绎不绝……

漫长的对视。
他们审视我的骸骨。
我阅读他们的灵魂。

生与死

一些人求生，

一些人乞死。

生与死

在一条路上。

有时它们距离很短，

有时它们距离很远，很长……

生命比死亡倔强！

死亡比生命更有力量。

旧体诗

绝句十四首

其一

峰回万仞青，
云卷碧空行。
一行白鹭远，
几声古寺钟。

其二

山开日影昏，
云走大风扬。
披发行万里，
君莫笑吾狂。

其三

墨色染天帐，

昏鸦叫老藤。

雪夜云裂处，

魑魅月中行。

其四

雁叫断续风，

长河叶飘零。

镕金烁秋水，

残阳照吾行。

其五

凭栏月色涨，
婉丽悄无声。
宁静婵娟远，
好月今日明。

其六

星辰灿夜穹，
吾身置其中。
九重天欲上，
癫狂一书生。

其七

诗吟桂月影，
帆歌落满星。
尔见湖心月，
女子笑满盈。

其八

云裳湖心影，
花容碧水行。
心思谁最想，
一任佳人评。

其九

迟迟春日暮，

小塘浮草菁。

倩女巧目笑，

好画自天成。

其十

春日偶得，江南忆旧

孤舟平湖隐，

岸影山林浮。

雨斜濛濛落，

春绿暗野庐。

其十一

思君君衣单，

念君君早归。

雪夜松林黯，

奴家可依谁？

其十二

君唤葡萄饮，

酒红玲珑杯。

醉颜何处去，

有家须不归。

其十三

苦短当此世，
梦回忆旧时。
夜饮把盏醉，
却话有人痴。

其十四

风动湖碎影，
云走水流萤。
林深鸟絮语，
大野秋虫鸣。

七言绝句三首

其一

吾爱阮郎[1]率性真，

与豚醉饮酒徒身。

仰面大笑飞天去，

长风舞袖一狂人。

其二

红烛尘烟几度灰，

颜玉晓雾梦时回。

知春风动三月雨，

又是燕归粉蝶飞。

---

[1] 阮郎，为阮咸。魏晋名士，竹林七贤之一。性格豪放不羁，曾与
群猪共饮，惊世骇俗。

其三

残峰碧影水映秋，
菊润竹枯乱织愁。
秋倦冬眠春始至，
满天星辉月入楼。

述 怀

（五十半百知生死，作七律一首自解）

清溪映吾颜欲仙，

縠纹影乱多忧烦。

心无诗句吟作苦，

胸有磊魂难释言。

尔道半百人未老，

安知白发鬓中寒。

笑指杜康逐日去，

浮云一片唱晚天。

七 律

——秋·京城雨意

烟雨濛濛锦团湿，

沉云黯黯寒微袭。

千朵万朵红绿伞，

一树半树杏黄衣[1]。

醉看斑斓迷眼季，

梦恍旖旎朦胧时。

路人影乱景亦乱，

秋意渐浓染京西。

---

[1] 一树半树杏黄衣，为银杏树。

— 长短句 —

忆秦娥

——沙洋忆旧

千家暗，雨斜濛濛花影乱。花影乱，绿浸草茎，群鸥滩现。

堤下细柳春意泛，又见黄花遍两岸。遍两岸，心思又起，四十载远。

忆秦娥

云笼月，玉箫声动元宵夜。元宵夜，烟花散尽，半壁残雪。

素颜纤手丝绢写，天涯共行古城月。古城月，远眺城阙，灯火明灭。

忆秦娥·青春祭

翠寒碧，碎红波影池水绿。池水绿，春欲去也，飞花似絮。

半溪流水唤不起，却将流水花红祭。花红祭，往事如烟，今日无语。

卜算子

　　寒日梦中寻，有人悲戚戚。却道缘由无缘由，一任随风去。

　　风去爆竹声，春来池水绿。若见清风樱簇红，择日归故里。

卜算子·元旦

　　辞旧换新桃，雅歌有人唱。星夜朗空云烟升，问君欲何往？

　　逐月蟾宫凉，彷徨不得上。风停满地渐微霜，恰似江潮涨。

清平乐·春

　　花红蜂闹，蝶舞翠青绕。又逢三月江南早，桃粉深处人笑。

　　小路芳径弯曲，踏红红处春祈。隔岸远眺画映，如蓝水绿碧溪。

点绛唇

　　静水如蓝，风骤起縠纹一片。翠鸟惊现，羽艳凌空远。

　　两三只鸭，浮沉绿水乱。舟楫慢，一线波散，心思在天边。

踏莎行

漏夜五更，梦里泣醒，小径深处松冈冢。
凭栏看月月渐远，夜悄云走和烟笼。

思念千重，倩女清梦，桂月疏影婵娟冷。
痴情女儿君莫笑，愿等明朝春意萌。

长联

长 联 *

排云殿　云殿玉阶绽放花儿朵朵　恍若隔世
心惊忆同窗

佛香阁　香阁石梯雨润草木茵茵　了然今生
思想觅吾师

* 2020 年游颐和园。上世纪六十年代，小学春游，曾与老师胡佩
身和同学在佛香阁排云殿留影。时光荏苒，排云殿前，同地、同
景，摄空照，人不再，情难遣，不能自己。

随
笔

天若有情

　　几年前，一个春暖花开的日子，我的一班旧日初中同学约好聚餐叙旧。席间，有人几十年未曾见面，自是说了许多没完没了的话，兴奋激动之情溢于言表。

　　大席散后，一些同学意犹未尽，出门不远，又入一家小馆，要了些啤酒冷盘，继续怀念旧事。平常我是不喝酒的，那天兴致高涨，也举了杯，与大家一起聊青春往事。

　　靠在我身边坐的是一位身材粗而大的同学，几杯啤酒过后，已是兴奋莫名，侧身问我，当年班里是否有心仪的女生。我笑而推说不知道。伴借酒力，也问他有无喜欢的女同学。老兄直言"耿双。"我有些吃惊，耿双是我们班的一位甜而美女生。不等我追问，他已沉醉在他的记忆中。他说，那会儿，他的父母在外地干校务农锻炼，北京只有他一人上学留守。男孩儿生活能力自是有些差，时间久了，被好心的同学耿双看在眼里，帮他将被褥取回自己家洗净，并约好在附近一所小学门口送回。几次送取，情愫青涩。

是晚，最使我感动的便是这位同学的直白。

日后与其他同学再聚，我把这件事说给大家听，却不想被同学哂笑，告知子虚乌有，没有的事儿！我听后，虽不辨真伪，却宁可相信它的真实。青春无价！又是在我们生长的那个阳光灿烂年代！

身在花丛而不知，只缘身在此园中，我想。据有的男同学回忆，那会儿外班男生常会在我们班门外张望窥视，也会议论一番。何故？年级美女云集于此也。现在回忆，此言不虚，只是我们当年不似现在，男女生无端划线为牢，而我们班尤甚。直到几十年后，同学相聚，依旧男女分桌而坐，君子淑女如当年，想来不禁哑然暗笑。

其实，我在那所中学读书时间并不长，一头一尾罢了。先是因父母去干校之故，远去湖北。后在中学毕业前返回就读，前后一年时间而已。虽如此，在校时却一直没换过班，从一而终。几十年过去再见，很多同学竟还叫得出我的名字，令我有些感动；我对他们也是印象如昨，同学之间，情感笃厚。

记得刚入班上学时的冬季，我们一些父母不在北京或家距学校远的同学，中午是在学校用餐的。饭后无聊，会在人防工事的沟沿土堆跑窜追逐，累了，便回教室抱炉取暖，一驱寒气。一次从僵冷中缓过劲儿，我就近坐到中后排的一张座椅，随手抄起书桌上摆的小本，无意地翻了起来。

本子不大，一目十行。片刻，忽然意识到什么，有些慌张，旋即合上本子。是本日记！因为无论在学校还是在家中的教育，日记是别人的私密，是不能翻看的！模糊中，本子里说的是家中与父母的琐事。紧张之后还不知是谁的日记，好奇心催使又打开扉页，看到了右下方的名字"耿双"。之后几天，有些慌乱，直到发觉并无人知晓，才心安。

后来，我随父母离开北京去了湖北沙洋五七干校，两年后，又从湖北回到北京，并且还回到了原来的班级。两年的时间不长，同学依旧，只是学业上有了差距。他们按部就班做学问，我却在乡下，无人管束，误了许多。一些平素不大喜欢的课程，像数学之类，落下不少，几近荒废，学起来颇为吃力。好在有同窗好友帮忙，我也虚心，不耻乱问，该抄的抄，该看的看。考试的时候，纸条往来，雪中送炭，至今想起，还是感激不尽。

诸事也有例外，我的数学类功课虽然差劲儿，但是语文功课颇好，尤其是写文记叙，是我所长，也很是得意。记得回班第一次作文课写的自选命题作文叫"摘黄花的季节"，记的是在乡下采黄花的事儿，被语文课杨老师拿做范文讲，很是爽了一回。杨老师并非我们班主任，有外班的同学说，这作文也在他们的语文课读过。我听后，心情大好，颇有诗仙李太白"仰天大笑出门去，我辈岂是蓬蒿人"

之豪气。只是时间转瞬即过，接下来的数学、化学之类的课程，马上把我打回原形。

大约是此文后的一个月，也是我重回班级的三个月，学校放暑假，我去了上海，探望奶奶和老弟。从上海回京后，写成了沿途散记，当作假期后语文课的第一篇作文，也是初中毕业的最后一篇作文作业交了上去。那时我的心情是有几分骄傲和期待的，等候一周后的作文课讲评。

如我所愿，那天杨老师走进课堂，手抱的一摞作文本的第一本就是我的大作，依旧是第一拿来点评夸赞一番，然后再比较别的同学的作文。课后，我和几位同学在讲堂的黑板侧谈天，自我感觉好得不得了。直到上课铃响，将回座位时，那位助我考试过关的同学凑过来戏谑地调侃："刚才你在那说话时，'磁铁'一直在盯着你呐。"我被他的话惊了一下，"磁铁"是男同学送女同学的绰号，就是耿双，大约是讲她吸引男同学的热度。愕然之下，有些紧张，又不能动声色，好一会儿心狂跳。之后，回到课桌，心方定下，继续厌恶无比的化学课。

又过了一个月，中学毕业了，班级鸟兽散。我这类功课跛脚又不与老师亲近的人，毫无悬念地被班主任钦点，戴了大红花，挤上解放牌的大卡车，去农村广阔天地锤炼红心去也。班里的那些美女同学呢，或继续学业读高中，或被文工团选中，或做了空姐。耿双便是被民航相中，都是后话。只可惜的是我们最后连一张全班毕业合影都没留下。

又过了许多年，大约上世纪九十年代，班里同学第一次聚会，有人提起耿双，有知晓的讲，1976 年初，她在沈阳机场一次飞行事故中罹难，离我们远去。呜呼！天妒红颜，香消玉殒。同学还说，本来她是上不了那班飞机的，只是因为临时同伴有事换班，一换成谶，天人永隔。后来还听同学讲，又过几年，耿双的母亲也因她的离世，悲伤过度，追她而去。

青春不能承受之轻，特别是在我们生活的那个年代。生命之花绽放因此更显美丽，我们至今难以忘却。如今，我们的生命都已在秋风中衰老枯萎，而她的生命则在最好的时节，沐浴着春的气息，花瓣随风散落。

偶尔，我进城，从西单后边一条小街走过，会在一个高石阶的大门前驻足片刻，拾回一些过去的记忆：这里曾经居住过一个甜而美的女孩儿，软而松的栗色发辫，细而略沙的童音，身上溢满的青春气息里关束不住的美……

天若有情天亦老。

归去来兮！

2019 年 10 月

悼小姑

上周末去父母家，将近晚七点，电话铃响，我看电话显示是小姑家的，来电的是120急救站医生，声音急促，说小姑病危重，正在抢救。我忙问情况，回话，尽全力。又过了一刻钟，我回拨电话，医生告，人已过世。我有些不大相信，再问，还有无生命体征？医生回答，已无心跳脉搏。放下电话，我把医生的话告诉一直在旁守候的老父，老父说不出话，泪水一下从眼角溢出，老泪纵横。人生之痛，莫过于失去亲人，况且古稀之年乎！

小姑生在江苏南通，是父亲的姐姐，只长父亲一岁。听姑姑们讲，我家祖上家境殷实，在当地开钱庄，也算是名门望族，据说南通资本大户张謇之弟曾欠钱款未还，最后用一片盐碱地抵债了事，可见家族已非寻常人家。十年前热播电视剧《大宅门》，姑姑们每每觉得许多场景酷似她们童年生活的环境。小时候，兄弟姊妹衣食无忧，每人都有保姆陪伴。小姑回忆，直到上小学，放学后还得保姆到门口接，一口乡音长呼小名，喊得她很是不自在。

及至上世纪三十年代末，日本侵占了半个中国，为避战乱，家族弃了南通家产，逃难上海，从此做了上海人，那时小姑约十一二岁。听姑姑们讲，爷爷在沪分得一份家产，但他身体一直不好，对经商毫无兴趣。老人家一辈子真正喜欢的是京剧，与一些梨园名士多有交往。而且不仅喜欢，还拉得一手好京胡，只是除此之外，别无所长，在上海的日子可以说是坐吃山空。待到蒋家政权坍塌前，蒋家大公子蒋经国在沪兑换金圆券，强取豪夺，爷爷胆小，将家中已不多的积蓄全换成金圆券，不久金圆券贬值，家中生计更见艰难。听小姑讲，她当时在上海读的是私立大学，每逢要缴纳学费朝父亲要钱时，都会惹老人家发一通脾气。不过过后爷爷还是唉声叹气地把钱给了小姑。

日子就是那么过着，小姑在读书期间受进步思想影响；在家中有已是中共党员的大姐。结果不言而喻，她很快也成了共产党员。

一九四九年，上海解放，换了天地。大约过了一段时间，小姑去了北京，到人民日报社，做了记者，一做就是一辈子。

小姑年轻时很漂亮，花一样，身边自然有很多爱慕者，但最后走到一起的是一位身材颀长叫袁先禄的年轻人，他就是我的第一任姑父。袁叔叔也是报人，人聪明，懂英文，还会写文章，算得郎才女貌吧。

那时，每隔一段时间，父亲会带上我去小姑家与姑姑们聚会谈天。我呢也总是盼着能去小姑家。一是小孩儿们混在一起，其乐无穷；二是喜欢吃小姑家的阿姨做的饭菜。那会儿客厅是我们小孩儿的天下，常常玩得欢天喜地。闹翻天的时候，小姑出来不痛不痒地说几句，我们权当耳旁风。姑父们呢，则在里屋下围棋。直到我们玩儿好了，姑父们手谈定了输赢，才去吃饭。

小姑是那种简单的人，说话语速极快，性情随意。小姑长得有些像奶奶，秉性也有相似之处，很少与人争，在家也不拿大主意，一切都听姑父的。袁叔叔呢，对小姑也很好，体贴照顾。七十年代，小姑消化道大出血，生命危重，袁叔叔冒了很大风险，在手术与不手术之间反复权衡，采用保守疗法，服用有三七成分止血中药，捡了一条命。只可惜袁叔叔救了小姑，小姑却救不了袁叔叔。一九八九年，袁叔叔患肺癌不治，那个对小姑照顾得无微不至的人离她而去。

小姑一生不大会照顾人，却需要被人照顾，我想天性使然吧。袁叔叔去世后，小姑又遇见了一位一直倾慕她也愿意照顾她的人，他的名字叫马沛文，也就是我的第二任姑父。马伯伯是延安时期的老鲁艺，也是老资格的报人。袁叔叔去世后，表哥表弟先后去了美国，小姑后半生最后二十多年是在马伯伯的陪伴下度过的。前十年,马伯伯对小姑照顾有加,后十几年两人相辅互助,也是难得。只是人之已老,岁月无情。两人年龄加起近一百八十岁,已然是满目青山夕照明了。

三个月前,马伯伯一次中风,入院治疗。治疗后稍有缓解,但一周前又觉不适,随即因心脏衰竭离世。

或许是生命的感应,八小时后小姑也去世了。

在小姑生命最后的日子里,我曾去探望过她,那时马伯伯在医院,家中只有她一人。我能感觉她身上的孤独,甚至是无助。我对小姑说,以后只要得空闲,我会每月去通州看望她,一定的。到如今,我的承诺还没来得及兑现,以后也再不会有兑现的机会了。

前天表哥表弟回到北京,告诉我要将妈妈的骨灰与他们父亲的骨灰,也就是袁叔叔的骨灰合葬在八宝山革命公墓。我听了后,难过压抑的心情舒缓了许多。我想在那边袁叔叔又可以照顾小姑了,两人又在一起,那是一件多么美好的事。祝福他们吧。

再见了,小姑。待到春暖花开的时节,我会去那苍松掩映的地方看你的。

2014 年 2 月 14 日

记忆里的舒伯特

　　我没有接受过正规的音乐教育，五音也不大齐全，但这不妨碍我喜欢音乐，音乐在我的生命中之重要，难以尽述，没别的，天性使然，很难分离。

　　音乐之于我，只要好，都喜欢，只是在诸多音乐形式中，我更偏好古典音乐。记得最早接触古典音乐是一次音乐会的电视实况转播，那时的影像还是黑白的，演出是在北京红塔礼堂，是由一对来自联邦德国的孪生钢琴家演奏四手联弹。他们弹奏了从舒曼到勃拉姆斯许多德奥作曲家的作品，其中最为不忘的是舒伯特的两首《军队进行曲》，那是第一次听舒伯特的音乐，全新的不一样，是那样雄壮悦耳，美妙绝伦，舒心愉悦的节奏一下就敲击到我的心坎儿里，从没听过的！

　　那会儿适逢改革开放不久，这类音乐会虽有，却不经常。再次听舒伯特已是一年多后了，是在北展剧院看一出叫《报春花》的话剧。现在想想那出话剧颇有些与众不同，那时中国的话剧一般不用背景音乐的，不仅那时，现在也很少见。《报春花》不但用，还是取自古典音乐。当时觉得特别好，好到散场后，萦绕脑际的都是剧中音乐起时的画面，那充满对美好憧憬的暖人旋律一直伴我在回家的路上。很长一段时间，我一直想知道这段感人至深的音乐来自何处，是何人所作？

又过了很长的时间，慢慢接触古典音乐的环境多了，终于有一天，在一次交响音乐会上，又听到了那让我魂牵梦绕的天籁之声。知道了那是一位叫弗朗茨·舒伯特的作品，名字叫作《未完成交响曲》，因为只有两个乐章，故得名。我在话剧场景中听到的是交响曲的第二乐章。《未完成交响曲》在舒伯特的交响曲中编号第八，缘何未完成，说法不一，可能是舒伯特有预感，美好到此戛然，他要在灵魂中留一些给自己。我想，天才都是这样，不拘形式。乐思完整，情已尽，无论短长，无胜于有。

那会儿，我喜欢极了舒伯特，就像现在少男少女见到他们妙不可言的偶像，只是我景仰的人，却不能见过，也无论如何不能见过。后来我的生活有了点儿变化，家里添了台单声道的三洋收录机，可以把调频电台播放的音乐用磁卡带录下，能随时反复听，对我来说真是一件美事。一段时间，我录制了很多音乐，卡带里最多的是舒伯特。每到晚间，人歇息入静时，我会打开收录机，放入卡带，听舒伯特，似是穿越时光岁月，同作曲家分享那份对生活的美好向往。我从《未完成交响曲》听起，听作曲家的充满青春气息的前七首交响曲，也为他的绝响了不起的第九大交响曲的宏大气魄所震撼。渐渐我对舒伯特从喜爱到熟悉，从熟悉到更加喜爱。从交响曲到他的器乐重奏，听他的《死神与少女四重奏》，听那支有名的《鳟鱼五重奏》，感受到他无与伦比的天才。我还听他的艺术歌曲，那是舒伯特音乐的灵魂。那支为歌德的诗歌《魔王》谱写的动人心魄的叙事曲，会让人紧张得透不过气，你很难想象在那么短小的乐思，舒伯特用他的音乐为歌者写了那么富有戏剧性的丰富多彩的旋律，让钢琴也能像交响乐队一样助奏。舒伯特之后，瓦格纳用了庞大的交响乐队为他的音乐神剧配器，创造出令人惊异的震撼音效；而在舒伯特，只需一个歌者，一架钢琴，同样的效果，足矣。

舒伯特一生仰视贝多芬，在他心中贝多芬神一样地耸立在奥林匹亚山巅，俯视着他的人生。在维也纳，舒伯特时常见到贝多芬，但只是远远地看着，不敢近前。贝多芬之死，对舒伯特的打击是致命的，他只活了三十一岁。舒伯特生性腼腆，没有婚姻，缺少金钱，在他身后，友人按他的愿望，将他葬在离贝多芬不远的墓地。在舒伯特的墓碑上镌刻的墓志铭：音乐在这里埋葬了丰饶的宝藏，也埋葬了美好的希望。

他的一生似流星闪亮短暂；他的音乐如恒星永耀宇宙。

时光如梭，这么多年过去了，青春时节的梦想早已远离我而去，但在那个年代，舒伯特音乐带给我的美好憧憬却永远眷恋在心底。

无论何时，每次听舒伯特的音乐，我都会心存感激。

2014 年 4 月 11 日

由刘炽所及

一次与一位音乐同好谈天，兴正浓时，老兄冷不丁问我中国近现代音乐家中喜欢谁的作品。这可不是一个好回答的问题，好的音乐太多了，又不能敷衍他。我想了想对他说："音乐我不是科班，只能说是个人喜好，一定要说，大概是刘炽吧。他写了那么多好听的声乐作品，几乎每个作品都有润人心脾的美妙旋律，可惜的是刘炽没有留下有声名的器乐作品。但这无妨，我觉得单单是他的那些歌曲就够了，没人能比。刘炽是劳埃德·韦伯那样的音乐家，浑身都充满美妙的乐思，一些音乐人要冥思苦想方得出的旋律，在他却用之不竭。"我的朋友好性子，听我滔滔不绝后，也说是，但老兄又言："刘炽的很多作品是乔羽的词作。"我明白他的意思，说："确实如此，但是刘炽的音乐，让乔羽的词作达到了那个受众高度，想想《我的祖国》《让我们荡起双桨》还有《祖国颂》那些美妙动人的旋律让人很难抗拒，是音乐让你记得清它的词。就像芭蕾舞中男舞

者永远是配角，音乐作品中旋律至高无上。"朋友笑着连
连说也对也对。我呷了口茶水："其实刘炽好的作品还有许多，
那一代作曲家不似现在的音乐人，每隔一段时间，他们常
常要下去采风，"采"谓之集，"风"《诗经》上说就是民歌，
从民歌中找灵感，借鉴加工，是那一代作曲家的创作灵魂。
像刘炽早年写的陕北民歌《翻身道情》就是以陕北古道情
为基调写的，后来的《新疆好》也如是。还有李焕之的《春
节序曲》，融化人心尖儿的旋律，就是原汁原味的陕北民
歌《过新年》。那位满脸爬满胡须的王洛宾也如此，有名
的《半个月亮爬上来》《在那遥远的地方》，更是拿来记
谱了事，名曰改编。现在的音乐人多已不能像他们的父辈
那样了，不仅是天赋，就是努力也难比肩前辈，个中原因
非三言两语道得清。像雷振邦的女儿雷蕾，虽也不错，但
她写不来父亲雷振邦《阿诗玛》《冰山上的来客》那样极
富异域风情的曼妙动人音乐。再如音乐人三宝的母亲辛沪
光，虽然作品不多，但在我看来，她那部交响诗《嘎达梅林》
价值远远超过她儿子所有作品。

是夜，谈兴浓，穷侃一宿，晨早依旧精神无比。

一晃十几年过去了，当时聊天内容还依稀记得清。

我对音乐形式无偏见，音乐会会去，但自觉现在的曲
目入耳的少，偶尔去听常有要夺门而出的冲动。静下来后

我想，音乐是有生命的，曲的灵魂是旋律。时下好的旋律真的少之又少，无奈之时，只好躲进小楼，重寻往昔经典之声……

2014 年 4 月

我爱莫扎特

上世纪九十年代，生活·读书·新知三联书店曾不定期出版一本名叫《爱乐》的颇为不错的古典音乐的杂志，这本杂志常常被摆放在北京音乐厅的售书架上，供爱乐人阅读购买。那会儿，我每隔一段时间会去音乐厅听音乐会，每到音乐厅，也一定会光顾大厅一角售书处，翻阅新到的《爱乐》杂志，对脾胃有意思的就会买下来，待音乐会演出结束回家后细细阅读，这也是件封存在记忆中的不忘旧事。

那时听古典音乐是件时髦的事，有充风雅之徒更冠以"高雅音乐"。但时髦之下，也有一些真正的古典音乐爱乐人，清华大学一些退休知识老人就是这样的人，都是些花甲之人，又都酷爱古典音乐。记得有一期《爱乐》杂志的一个栏目专访记述了这些老人讲他们心中的莫扎特。访问记里，除了不吝赞颂之词，更有人讲的是经历了少年听雨歌楼与暮年鬓已星星的人生后对莫扎特音乐的理解，很受其他受访者的赞同。缘何如此呢？当时读后，没觉得什么，只是喜欢他们之中的纯正的爱乐气息。而今二十年过去，时光荏苒，当时的老人很多可能已经作古，我也一点点地挨近了他们当年的身影，对他们当年对话和心绪，是渐渐能感受到了。什么呢？莫扎特音乐之美与永恒。

莫扎特是我最喜欢的音乐家，但早先并不如此。我在一篇随笔说我最早听到的德奥古典音乐来自舒伯特，舒伯特的音乐的美妙为我带来一缕温暖的阳光。从舒伯特起，我陆续听到了贝多芬、海顿、勃拉姆斯、西贝柳斯……当然，还有莫扎特。和清华的那位老人一样，还年轻的时候，我们并不懂莫扎特，只是觉得莫扎特的音乐工整平和，温文尔雅，悦耳美妙，但远不及舒伯特吸引我。那时真的是喜欢洋溢着青春憧憬的舒伯特，崇拜贝多芬的坚韧不屈的生命之力。

音乐对灵魂的滋养，年轻和暮年的回味不尽相同。不光我这样的平头俗人，就是莫扎特的意大利同行威尔第也如是。老威尔第在回忆他的青年时代时张扬不羁地与人讲：“我二十岁前，在别人面前我只谈我自己。”那时的威尔第年近七旬，声誉鼎盛，拥趸无数。“三十岁时我讲我和莫扎特（西方尊者在先）。四十岁时我讲莫扎特和我，现在我只讲莫扎特。”威尔第何许人！我辈渺小，但对莫扎特的赞美和敬畏，大人物和小人物是一样的。

　　莫扎特生来就是天才，很多伟大的人物一生要通过不断的努力和改变，来矫正生命之路径，即便是贝多芬也是如此。但莫扎特不是，他生来如此，无须改变。像莫扎特这样的天才，可以说是亘古未见。不仅仅在他生活的年代，也不仅仅是音乐领域，只要想想一个人从幼年起就被世人瞩目，被赞誉为不世天才，一直到去世，作品不断，杰作不断，安能不天才！是为伟大音乐家，史无旁人。难怪生前身后有如此众多的人，超越历史年代，对他顶礼膜拜。

　　现在流行"跨界"，而为莫扎特跨界的追随者，法国浪漫主义画家德拉克洛瓦就是其中的一个。德拉克洛瓦有记日记的习惯，一生中日记不断。德氏的艺术创作生活和艺术品在日记中都有详尽的记录。除了绘画，在德拉克洛瓦早年的日记里音乐是经常出现的主题，当时的法国流行艺术沙龙，德拉克洛瓦与肖邦等一众友人常去一些有音乐的沙龙聚会。德拉克洛瓦喜欢莫扎特，会同他们谈论莫扎特。在沙龙音乐演奏中，如没有莫扎特的音乐，他便会情绪不佳，如若对莫扎特音乐诠释不好，便会不高兴，甚至拂袖而去。在德拉克洛瓦看来，莫扎特之于音乐，像拉斐尔之于绘画，无与伦比。要知道德拉克洛瓦可是开绘画浪漫主义先河的大画家！

　　我有时会想，是什么吸引了这么多人——无论是站在群山之巅的历史巨人，还是众生芸芸的凡夫俗子，跨越历史纵横去欣赏与崇拜一个人呢？大约是音乐的本质，美。在莫扎特那里美的平衡达到了最高境界，在他音乐中所有的矛盾冲突最终都归于美的终结。

我很喜欢莫扎特的歌剧《费加罗的婚礼》，剧中男童女次高音凯鲁比诺的两段咏叹调更为所爱，尤其是那支《你可知道什么是爱情》。听了这么多年了，直到现在还如初听一般，美的记忆常听常新，绝不枯竭，神迹一般。朴素的音符，用简单的乐句编织美，所谓大简至美，无人能出其右。就音乐技巧，莫扎特的音乐（或许）并非最复杂，但诠释好莫扎特的音乐则难上加难。曾有人问小提琴家海菲茨，在小提琴演奏方面，帕格尼尼的作品是不是最难？海菲茨听后非常严肃地说："不，不，现在人都有技巧，毋庸置疑，但是演奏好莫扎特或贝多芬很少有人能做到。"或许海菲茨说的就是那个道理，美，简约大美，是流淌在人们心灵深处体验，不是每个演奏家能体验到或体验了能完美诠释出来的。演奏者如此，音乐家也如此。

莫扎特的音乐令人神驰，即便是他很少触及的音乐体裁。A大调单簧管协奏曲就是其一。我非常喜欢这部杰作。这部协奏曲第二乐章最美的一段音乐在莫扎特去世近二百年的时候被放进电影《走出非洲》，也算是现代人穿越时空与大师所做的一次心灵的交流吧。那是美得令人窒息的乐思，一段梦幻般的曲子，轻柔而舒缓的乐声从远方飘来，似在宁静的旷野里浮现在云端天际的牧歌。人会陶醉的，醉到不觉时光在流逝。

莫扎特的音乐予人温暖。在《第二十一钢琴协奏曲》的行板乐章里，均衡如歌音符清泉一样徐徐滴入你的心田。我看过一小段指挥家卡拉扬指挥并演奏的《第二十一钢琴协奏曲》的视频，在第二乐章管弦引出钢琴时，卡拉扬从指挥台下来端坐在钢琴前，全然不见驾驭乐队时威严，从他手下弹奏出来的莫扎特的行板乐章，似母爱一样的柔情抚慰着听者和他自己的心灵。顷刻，我的感觉也会被音乐的美好融化掉，泪水盈眶。

听莫扎特的音乐，我已经记不清有多少次这种感受了，但每次感动之余，都会像前人和同辈一样，对伟大的莫扎特怀有莫大的感激之情！

人生苦短，终有竟时。当生命离我已渐行渐远，而莫扎特距我愈来愈近时，我会想，如果有一天，我老去不返，进了天堂，我一定先会在诸神之中寻找诸神之神莫扎特；然后在天堂的神殿里，倾听莫扎特的声音，而不是上帝。

2018 年

微信是个好东西，但是

几个月前，我做了一个重要的决定，我要用智能手机了。为此，我是很下了一番决心。其实，我并非顽冥不化，之前一直不用智能手机自有一番道理。一是无迫切之意，我对手机并无大依赖，常常因人机分离，被友人遍寻不到而遭受谴责；其次，我很金贵自己的眼睛，怕用了智能手机会使已经在走下坡路的视力变得越发不可收拾。还有呢，就是念旧。我一直使用一款诺基亚手机，精致小巧，用惯了，舍不得。

话是这么说的，理由也充分，但终有一天，发生了一桩小事件，让我改变了主意。那是夏日的一天，天气尚爽，我登上了跑步鞋，出门锻炼。可巧刚出小区大门，看到门口拐角处，我的小侄女正在用她的苹果手机摆弄一辆共享单车，我看着她就要把"别人"的自行车骑走，甚觉不妥，连忙上前阻止，结果可想而知，闹了笑话。还有，就是网上购物，以前上网即可办成，但现在成问题了，常常是要智能手机扫描二维码，弄得我不得要领，只好请人帮忙，可长久以往终不是回事儿。正因为此，逼我痛下决心。

决心下定，事情就简单了。我是有智能手机的，曾经还不止一部，都是友人送的，是他们见我的手机老旧，起了恻隐之心。我呢，己所不用，要施于人，悉数转送给需要的人，只剩下一部还算小巧的苹果手机，正好派上用场。我去了西单大悦城中国移动营业厅，办妥手续，交了银子，开启了我的智能手机生活。我从不知到微知，从微知到觉得小有满足，开始愉快地使用并享受着那份不错的感觉。直到有一天，我的这种感觉发生了变化，戛然而止。那是一件偶然的事，带给了我些许的困惑。

大约是九月的一天傍晚，我收到一则友人发来的微信，是一条转发的有图像的微信。什么内容呢？是一个铜管乐队在演奏一支曲子。什么曲子呢？文字上说是一段中国电影音乐。这音乐我们这一代人熟得很，是一部叫《平原游击队》的老电影配乐碎片，戏称"鬼子进庄"。友人很是庄严地附有文字，愤愤地说："这本是俄罗斯伟大作曲家肖斯塔科维奇的《第七交响曲》，是名曲，妈的，好好的世界名曲被歪曲成这个样子，还骗了我们这么多年。"我看了并听着，先是摸不着头脑，然后不觉一乐。我想我的这位朋友实在是不应该，当年我对音乐还懵懂时，他已然是宣传队里天天唱歌跳舞做游戏的文艺少年了。只可惜，那时节他老人家未曾被人骗，倒是现在晚节不保，栽在了微信上了。

　　肖先生确实是写过一首《第七交响曲》，那是在1942年卫国战争中，德国人围困列宁格勒时写下的。那会儿，肖先生身在其中，拿起笔做刀枪，保卫他的祖国。所以后人又称它作《列宁格勒交响曲》。因为这支交响曲有名，也因为闲时我有点听古典音乐的癖好，所以对这首交响乐还是有印象的。只是我完全听不出这首交响乐与咱们中国的电影音乐有何相通之处，完全是两码事的。最多也就是第二乐章的一小节节奏略有雷同罢了。如果再较真一点，《第七交响曲》诞生于苏联卫国战争期间，肖先生应该是苏联公民，而非俄罗斯人才对，这是题外话了。事虽如此，我也不以为意，偶尔为之，无关紧要。但随后的几天，接二连三，同样的视频，来自不同的人，有相识的，有未曾谋面的，都在微信里告诉我同一件事情，肖先生的名曲被我们冒用在电影场景里了。这可真正成为一件糟糕的事了。或许他们也同我的朋友一样当真了。是可忍，孰不可忍！我决定把我所知道的告诉他们，这只是一个谬误，是一件可笑的事，不能当真的。我是如此这般地向他们说，不知他们看到与否，也未知看到后在意与否，不得而知。

　　以后呢，在微信的圈子里浸淫的时间长了些，知道的东西也多了起来，感觉到在微信里像我这样费力考究真实的人是不多的，遑论写自己的东西，说自己的话给别人听。至多不过把别人的东西传来转去，味同嚼蜡！

　　于是我会想，微信虽是个好东西，方便快捷，但仅仅是个载体而已，没有文化内容，没有个性的微信，终归什么都不是。

　　人以群分。我又想，作为一种交流方式，比之微信，十八世纪法国的沙龙也算一种吧。虽然范围没有微信广远。但一群有意思的有想法的人，在一处客厅围聚，高谈阔论，激励思绪，迸发艺术生命的火种；在中国近代，也有一些知识人每隔一段时间聚在女主人林徽因家，或高声朗读诗歌新作，或静听活泼美丽的女主人发表言辞犀利的文学见解。这些知识人中，有物理学家、有小说家，有搞逻辑的，还有总是微笑地看着自己爱妻的建筑学家梁思成。真的希望这些场景会出现在微信的里面。

　　年代变了，载体变了，但毕竟还是有些东西是不会改变的。用自己的方式，做自己的事，讲自己的话，我想说。

　　真若如此，善莫大焉。

2018 年 1 月

经济学那点儿事

周末在家闲来无事，靠看书打发时间。我从书架抽出本五六年前买的，但没读完的书。书的名字叫《生活经济学》，是一个叫戴维·弗里德曼的人写的，这人是美国圣克拉拉大学的教授，他的老爹也叫弗里德曼，比他厉害，拿过诺贝尔经济学奖。其实我对经济没什么兴趣，只是几年前逛书店偶尔翻过此书，以为是俗书，鬼使神差买回家。却不想不好读，翻来翻去，远没想象中能引我入胜，读了百十页，便将书束之高阁，一供就是几年之久，真有些对不起戴维先生和他的书了。

我掸掸书顶的浮尘，把书摊开，前几章似曾相识，尚能读下去，续读下来，竟同以前两样的感觉，起了些许兴趣，读出了点儿名堂，不知不觉看得眼顺，几十页翻过，待到疲惫时，掩卷看表，时已过午。读书解决不了吃饭问题，就是读经济学也没用。还是先"生活"，再"经济学"吧。想到此，换鞋出门，骑车到超市买东西去了。

我去的超市，叫"美廉美"，是物美价廉的意思，实际呢也确实如此。这家超市原来是由几个自然人股东创办的，后来叫更大的物美集团看对眼并购了去。因为商誉佳，索性汤药都不换，还沿用了"美廉美"的名字。

我进了超市，正是中午，原以为人们吃午饭去了，店里人会少，真是大错特错了。那天不知从哪冒出的人，真所谓人满为患！

呜呼，我不敢久留，推着店里的购物车，混在摩肩接踵的人流，慢慢蹭到摆满蔬菜的货架，随便捡了些绿叶蔬菜，和一包白嫩肥胖的杏鲍菇，放在车里。又到临近的水果摊抱了个西瓜，速战速决，赶紧绕开人最多的蔬菜区，去称重处称分量去了。

称重处已经排了三队人了。我看看队长短差不多，随便排了一队。队走得很慢，尤其是我排的那队，慢得我前边的人都坚持不住换到其他的队了。我犹豫再三也学他们的样子，换到另外的队了。但结果是换不换没甚区别，待等我称完重后，侧身看比旁边原队似乎还慢了些。我暗忖，真是没道理的道理，这大约是有一些生活中的经济学吧，市场会对经济运行进行均衡分配。像刚才我开始排的队，确实很慢，慢得让人受不了，但那队短，人少；后来换的队，虽长却快，但人们发现后，会择时换队排过去。这样的调换，判断排队的时间点，成为最重要的。人们不知不觉中在规律下做基本正确的事，不会偏离太远。我一边想，一边推车，神散了，险些碰到前边美女，被她狠狠地瞪了一眼。

称重排队，付款也要排队。还好的是付款的队多，人也少些。不过那天运道的确差些，前面只剩两个人就要挨到时，收银的小姑娘郑重向我们宣布，她的收款机坏掉了，请各位另排别的队。该我倒霉，也是没法，只好重新寻队。从进超市到付完款回家，用了整整一个半小时。在家呢休息、喘气；做饭、吃饱又花了一个小时。

现在想想，那天的确挺累，可虽如此，却弄通了一些东西，没白去。先是无师自通，用戴维·弗里德曼先生给的灵感，搞懂了一点儿经济学的道理，明白了市场是有很强自我调节能力的，就像购物排队，正常情况下，总是能在自我优化的状态次序进行。再有呢，优化是要在正常安定的状态下进行。倘若像我碰到的收银机坏了，或是次序不好，队就无法排了。办法呢，就是用公权或其他保障形式，保证市场的次序，毕竟有的事情仅靠市场解决不了问题。

戴维·弗里德曼的书中译本出版了五六年了，也许他的书还会再版。我想如果再版，能把我的例子举证在他的书中也是不错。不过戴维·弗里德曼先生在美利坚，不认识我；我在中国，也没见过他。还是算了吧。

2014年6月12日

科斯和他的定理

科斯是个美国老头，搞经济的，学问和他的岁数一样，大得了不得，有很多人仰慕他。在他的行当里，科斯的名望如雷鸣贯耳。近年科斯曾想到我们国家瞧瞧，中国的一些经济学者也努力帮他实现心愿。一直到今年九月一天，老先生终于没能撑住，102岁的时候，离开了老伴，离开了人世，离开了学问，走掉了。

一时间，许多人很悲哀，有中国的，也有外国的；难过之余纷纷写文章纪念他，颂扬他老人家的功劳。或许，科斯先生在天国知道了，一定会欣慰的。

我不是搞经济的，也不甚明了经济上的事儿，但科斯先生的声名太大了，耳听口传也就知道一些皮毛。一是科斯先生对中国怀有很深的感情，是友好人士。科斯先生很关注我们这边的事，虽然他没到过中国，也说不来中国话，但他发明的那套定理却影响了我们这许多做经济学问的人，所以他在中国也很有名气。再一个呢，科斯先生一生也和他的人一样有趣，他的那套道理开始和者甚寡，没多少人理会。后来明白的人多起来，大家又唯恐不知，争先把他的定理学而时习之。

科斯老先生的定理是什么呢？大约内容，只要产权明晰，交易成本为零或小于零，无论在开始时将产权赋予谁，市场均衡的最终结果都是有效的，达到最佳的资源配置。年轻时的科斯曾举例探讨他的发明：牧主的牛吃了邻居农夫的庄稼，会不会导致牛肉或庄稼的成本的变化。科斯说，那得先界定产权，在交易费用为零的情况下，资源的配置不受法律的影响。也就是在产权明晰的条件下，外部的东西可以通过内部调解，自己优化解决。说实在的科斯先生那套拗口东西，我是不大弄得懂，好在我既不是学经济的，也不是搞经济的，不懂不必装懂。

不过，也不必气馁，据说科斯先生在几十年前的一次经济沙龙讨论他的发明时，总共十个人，八个半人弄不懂。懂的是科斯，但科斯口讷，说不清。那半个是弗里德曼，是个得过诺贝尔经济奖的人。弗氏开始也是一头雾水，慢慢听懂了，然后把科斯的道理解析给在座的听，直到那八位也同他一样。而后，科斯的定理渐渐为人所知，直到1992年，科斯同弗里德曼那样拿到诺贝尔奖。其时，弗里德曼在场，有人悄悄问他，那人该得奖吗？弗氏指着台上的科斯说："他吗？早该了。"

科斯是个有意思的人，一生只做学问，区区一介书生，有些木讷，坚持的事会顽固。科斯述而少著，文章并不等身，厌恶被别人吹捧，更不会自吹自擂。科斯还会作画。一次宴请友人，饭后带客人去看他的储物间，一堆宝贝中，赫然见一幅肖像画侧立在角落，深绿的背景，人像炯炯有神。客人问这幅作品。科斯淡然地说，"这是顿卡·布兰克，我画的。"布兰克何许人也？也是名人，经济学家，科斯的朋友。

这就是科斯。科斯是个有学问的好人。好人是有味道的，味道是要慢慢咀嚼细品的。

2013 年 12 月 12 日

冬　泳

　　一次聊天儿，朋友问我可曾游过冬泳？这家伙身形强悍，疙里疙瘩，很是骇人。我笑而不语，埋头喝我的茶。老兄大概是认定我不曾游过，洋洋自得起来，吹嘘冬泳如何如何美妙，他如何如何享受，飘然起来。待他忽悠到了一定高度，我对他说："我冬泳过。"朋友听了先是一怔，之后大笑："你吹牛！"我倒也不答，因为我不是在吹牛，心里有底。

　　我确实游过冬泳，不是虚话。只是不是在冰雪盖地的北方，而是南方冬季如春的湖北的一个小地方——沙洋。

　　我是被父母强制带去那的，不情愿；而父母去湖北，是因为到五七干校，非去不可。如此，我才得以到了广阔天地，也有了后来聊天心里的那点底气。

　　在沙洋，有一块长约七里的水域，当地人唤作七里湖。我就是在那游的冬泳。

　　沙洋的冬天与北京有不一样的冷，尽管气温极少零度之下，可天阴时的冷，胀得人十指红肿，也不好过。偶有怪异天气，寒气袭来，天播冷雨，飘落在学校不远处田里肥硕的蚕豆叶上，凝结成薄薄的一层冰，宛若晶莹剔透的彩玻璃，虽是美极，却要了蚕豆们的命。但无论怎样，湖北终究是南方，冷而不寒，再极端也就这个样子了。遇到太阳放晴几天，晒得大地暖洋洋的，像换了季节，所以我们才有了游冬泳的胆量。

记得是一连几个大太阳天后的中午，我在家闲着，听见外边有人大声吆喝。我出来看，是住在后排油毡房的一位长我两岁的邻家大哥，我们前几天曾商定，天好时要去七里湖游泳。我是懒人，说说拉倒，谁想他是认了真，要去游冬游，还豪言横渡七里湖。我是不充好汉，大冬天去游泳，总是心里打鼓。但看见邻家大哥身后还跟着一个我也熟识的小孩子，比我还小，身子骨也瘦弱。我是知道他的泳游得不咋地，在水里总是慢腾腾的。他都要去，我不去面子也不好过，于是改了主意，应了一声，让他们等一下。我回屋换了泳裤，光了脚，出门同二位一起上了路。大中小三人，顶着湛蓝的天，一路直奔七里湖，大太阳地留下我们深一脚浅一脚歪歪扭扭的背影。

我们很快到了七里湖，脚下的细沙已感受到些许的湿暖。初冬的湖畔一片寂静，我们沿着岸边，绕过近湖的一片残荷败叶，前方一只翠鸟被惊扰了，拍翅而飞，贴着平静的水面，划一条闪蓝的直线，消逝在很远的地方。

　　我们不管，把一切都甩在身后，一直向前，直到踏进一片白色的浅滩。脚下感觉一点点变凉，水没过脚踝，寒意从脚底漫起。我看着前边的邻家大哥，已经跃入水中，在前边二十米处朝我们摆手。都这样了，我也不能含糊，学着他的样子，扑到水里。刚入水的瞬间，冰冷的水扎得我透不过气来，寒气浸入骨髓，真是要命！我大口喘着气，手脚拼命地划动，游到五十米开外时，身子才有些暖。我能感觉到我身后小孩子也同我一样在拼命地拨水，也隐约看到远处大哥模糊的身影。水从我唇边滑过，像一匹被撕开的闪亮绸缎，镜子一般反射的蓝天白云，耳边是水细细的流动声。游到湖心的时候，离开岸边已有三百米有余，距离过半，体力过半。我不敢有丝毫的松懈，要是在七月，这点游程算不得什么，可十二月真的是很不同。我不停地游，也不敢站立踩水，生怕气力耗尽，沉入湖底喂王八。

　　寒冷在耗尽我残存的体力，泳速在慢慢地的降，但对岸的距离也在一点点地变短，远处的树渐渐从模糊到清晰，已看到邻家大哥站立出水的身影，岸就在眼前。我力竭地游着，用尽最后一把子气力，终于手触摸到湿软的泥沙，可以跪地，然后站起来。我跌跌撞撞地走向几十米外的沙滩，早到的邻家大哥正在那仰面享受温暖的阳光哩。我差不多是扑向地面的，挨着他，躺在被日光抚热的细沙上，一点点地驱除身上的寒气。

后来的事有点不如意，我和那个小孩没能游回去，是从岸边绕道回府，见笑了。而邻家大哥依旧豪情不减，劈波斩浪，完成了他的壮举。

这就是我的冬泳经历，是第一次，也是唯一一次。

那是一个特殊而有意思的年代，恰如我们在阳光下的温暖，下水去游寒气逼人的冬泳。经历了，终生不忘。

去年一个偶然机会，我们一干七里湖干校中学旧友相聚，席间一位朋友过来同我叙旧，那哥们儿历数七里湖往事，新鲜如昨，尤其忆起当年冬泳七里湖水冷，手不停地捻将着下巴翘起的小山羊胡，做感叹状。这位便是当年游在我身后的那个瘦小干枯的小孩子。

时光荏苒，一晃几十年过去。说来也奇怪，我们当年是何等渴望离开七里湖这个清静的大池塘，回到北京的家；就像我们现在北京，常常魂牵梦绕地眷恋着故地沙洋七里湖。

七里湖，我已经回去多次，每次我都会在曾经游过泳的地方驻足良久。我就像一个遗失了珍宝的寻宝人，一直在不停地寻找，即使是再也找不回了，即使还残存着一点点的希望……

2018 年 6 月

做 人

上世纪九十年代，我所在的单位来了一次张榜卖书，卖的是图书馆的藏书，论页卖，不贵，一毛钱一百页，虽是败家，我却有所受益。买回清点，其中便有一本50年代版的丰子恺的《缘缘堂随笔》。

此前，我印象中的丰子恺先生是中国的漫画鼻祖，漫画一词即造于丰氏，却不知他的随笔好，读后方知堪称大家。他的一篇忆弘一法师文，更是读后不忘。

弘一法师，即李叔同，是丰子恺师。丰子恺在描述弘一法师做人之道时说，李叔同先生是一个做事极认真的人，做什么像什么。青年时，弘一法师去日本留学，风流倜傥，戏也演，曲要唱，食要精，油画画得精彩得不得了，玩就玩出个样子。后来做学问教书，静下来，认真专注，一丝不苟，是大学问家。壮年出家，一洗浮尘，潜心佛学，成一代宗师。丰子恺对其师崇敬有加，弘一法师圆寂后，他画法像百幅纪念。

　　丰子恺先生一生承老师衣钵，淡静做人，认真做事，文亦如其人。从读《缘缘堂随笔》始，我一直都喜欢他的随笔。丰子恺先生的散文，章句字隙没有华丽辞藻，就是那么一点点淡淡的味道，只似一只青花素盘中落满大大小小熠熠发亮的珍珠；更欣赏弘一法师入得世也出得来的境界，他那里没有人生的浮躁，要么真诚热烈，要么平静如水。

　　人生若此，不枉一世。

2013 年 12 月

也是一种美

我的少年时代，曾有两年是在湖北一个叫沙洋的小地方度过。

我不是湖北人，能在沙洋待过，全拜生逢那个火红的年代。毛主席有"广大干部下放劳动，这对干部是一种重新学习的极好机会，除老弱病残者外都应这样做，在职干部也应分批下放劳动"的号召。我的父母是干部，自然要响应，义无反顾，去了湖北沙洋"中央统战民委系统五七干校"劳动锻炼。我呢，小孩儿，没主张，随大人就是了，虽然不大情愿。细想起来，这已是很久远的事了，远到四十八年过去，弹指一挥间。

大约是一年前，我与一些五七干校中学读书同窗，约在一起聊天吃喝。饭饱酒足，大家忆起当年在湖北干校旧事，一时兴起，发了狠誓，要老大还乡，重回沙洋。我在一旁不大作声，但也积极响应。不作声是因为我已是先辈，去过三次了；还积极呢，是我这个人念旧，去过的地方总惦念，何况在那留下的记忆是一生最不能忘却的。

有愿者，事竟成。一年后，我们一行30余人，装备齐整，浩浩荡荡，缘归故地，算是一了情愿。

在沙洋我们曾待过的旧地，朋友们或难掩激动，泪流难禁；或忆旧时愉快趣事，兴奋莫名；有放言当时青涩，在记忆中寻找青春朦胧；也有凝重神情，述及往事，悲从中来。我呢，沙洋故地自己已回过多次，心情比他们自是平复很多，只觉得当年之事，无论他们的情感做何种宣泄，都在常理。而我的心底仅存的美好，是那时节恰似有一缕温暖的阳光从流动的云缝投出，正好就照射在我们这些小孩儿们的身上，我记得更牢！往日的哀怨、无趣早就从记忆中抹去。

那几天，我们白天尽情，去那些魂牵梦绕几十年的地方，泄洒思绪，一塌糊涂。晚间尽兴，大家去唱歌、跳舞、卡拉OK，享受其乐。我虽五音尚全，奈何当晚嗓子失声，只能坐当听客，即使如此，也是心情无比愉快！

那晚，歌舞散尽，我们走出歌厅，夜色正浓，远处灯火或明或暗。余兴尚存的，走在前边，三三两两，兴高采烈。我和一位不擅长歌唱的朋友殿后，因为没唱，我们的心情都还平静，我们边走边聊，毕竟是几十年未见了。

我的这位朋友同我一样，也是随父母去的"五七干校"。

略有不同的是，他的父亲在湖北潜江"中央民族学院五七干校"（现在叫中央民族大学），母亲却在湖北沙洋"中央统战民委系统五七干校"，他是先随父，后跟母，所以我们才能结缘。在回宾馆的路上，朋友将一段一直系于心底而不忘的往事讲给我听：那是他初到潜江五七干校的一年，正值晚秋，地里白茫茫一片，正是棉花收获时节。大人们在田里劳作采棉，他所在的学校放农忙假，便跟了大人下田。劳动不复杂，就是把棉花收摘，然后倒拔棉秆儿并拖至地头，收集运走。按规定，每个参加劳动的大人，在收工的时候，要将这些棉秆儿拖回，老迈体弱的拖三根，体魄雄壮的要拖七根。小孩子豁免。我的朋友是半大小孩儿，符合豁免要求。我的朋友记得，一日收工，踏着田垄向归家的方向走，远远地看到夕阳下的土埂，蹲踞着一团胖大身躯，待走近看，原是社会学家费孝通先生[1]，正坐在那歇息。我的朋友不忍，趋前打招呼："费伯伯，您好！棉秆儿我来帮您背好吗？"费孝通先生抬抬眼皮，喘着气："你是谁家孩子？"我的朋友告诉他："我是张某某的孩子。"费孝通先生有了一点精神："你的爸爸我认识，谢谢你。"就这样，我

---

[1] 费孝通（1910—2005），江苏吴江人。社会学家、人类学家、民族学家、社会活动家，中国社会学和人类学的奠基人之一，著有《江村经济》《乡土中国》《皇权和绅权》等。

的朋友帮助费孝通先生做了件他不擅长做的事，拖了三根棉秆儿到田头。"费先生那会儿确实是力不从心，疲惫极了。"我的朋友说。又过了一年，我的朋友离开潜江来到沙洋，留在母亲身边。

我的朋友讲，再见到费先生已是很多年后的事了。那时五七干校已散掉，大人们各自归位，回到京城。朋友一家也返回他们北京中央民族学院的家。那时的中央民族学院，不似现在这般拥挤，偌大的校园十分空旷，除了几块阔而大的体育场，就是建筑学家梁思成先生耗尽心血设计的大屋顶仿古建筑群。朋友一家有幸穿越时代，居住其中。因为宿舍区集中，地块不大，每天会有教职员工零零散散地穿行其间。朋友讲，那时的费孝通先生虽然回到中央民族学院，但每日并无事做，只是按时上下班而已。一次朋友从家出来，偶遇也是骑车经过的费孝通先生。费先生骑得极慢，不远处认出他，缓缓下车推行，及至跟前停步，对朋友深深鞠了一躬，然后继续他的上班之路。

朋友觉得有些突然，本应该上前去问声费伯伯好，却不料受此大礼，一时有些不知所措。我问他是否是因为潜江五七干校旧事，朋友不置可否，大约是吧。我又问，当时是否有所感动？他说，远不止，时过四十余年，尚记忆如初。朋友讲，那天费先生恭敬严肃的面容，令他一生难以忘怀。你可想，当时我还只是一个十四五岁的少年，而费孝通先生已是年过六旬的老人了。这可是那一代知识分子的美德，也是我们现在一些知识人士难以企及的。

那天回宾馆的路上，我们还聊了许多事情，但唯独这件小事情，我记得最牢，也最不忘。现在我把它记录成文，放在这里。我想或许我会每隔一段时间，去翻翻这篇记录，回到那个令人难忘的火红年代。去绿的田野，去白茫茫的棉田，去那清新的校园，代我的朋友向素未谋面的费先生问个好！

每个人都有自己的故事，故事多了，集在一起，就是一本厚厚的书。好书承载着美好，令人掩卷难忘。

2018 年 4 月 24 日

五只小鸭和一只小斑鸠

昨夜一场急雨，驱走些许暑气。一大早，我走出楼门，深吸一口清新空气，闷了几天的心情一下清爽了许多。

我贴着楼沿，绕过空调留下的一滩滩水渍，步入不远处一条林荫小道。我踱起四方步，优哉游哉，行走于绿茎红艳间。红紫色的月季，一团团淡白色的小蔷薇，野生野长的大丽花，草还带着露珠，这感觉，不舒服都不行。

我漫步走着，享受着雨后早晨带来的那份宁静与惬意。直到不远处出现了一只正在觅食的斑鸠。我可不想打断人家的早餐，于是驻足停步。斑鸠大约没有感觉到我的出现。也许是我走得轻，或是地上的美食吸引了它全部的注意力，它一步一啄，粉而艳的爪一前一后，浅灰的翎毛一起一伏，一直走到我的跟前。斑鸠发现了我的存在，停下来侧头抬眼，片刻，有点不舍，扑扑地拍打着翅膀，迎着从树冠缝隙射进的光束，冲出了小树林。

很久没有这么近看一只斑鸠了，早先北京城可没见这种鸟，都是近二十年才见到，而且愈来愈常见。我不知道它们的家在哪，因为没见到过他们筑巢，隆冬时节也见不到它们，斑鸠从哪来呢？也不知晓。但不管怎样，我欢喜见到它们。因为它使我在尘封了记忆里，找回了一支童年的歌：小斑鸠，咕咕咕，我家来了好姑姑，同我吃的一锅饭，同我住的一个屋……这支童谣，我还会唱，只是恍若隔世。

那是上世纪 70 年代，我曾在湖北乡下待过两年，是在沙洋七里湖五七干校，随父母去的。那时母亲算是普通的"五七战士"，平日干点儿农活儿，锻炼锻炼即可。父亲则有点儿不妙，不能回家，被人看牢。我是同母亲住在一起，大人的事，小孩儿不懂，也不甚明了。那时我除了上学，剩余的时间都是自己打发掉的。我们真的是以玩儿为主，兼学别样。我一直是喜欢小动物的，那时我们住的席棚附近经常会有挑担贩雏鸭的，一次叫我碰上，趁母亲不在身边，用零花钱从小贩手中换回五只小鸭。母亲收工回来，将我大大地训斥了一通，说是不懂事。但被骂之后，我还是挺高兴的，因为留下了小鸭。

我很宝贵我的五只小鸭。我拾来一些破砖头，找了一片废油毡，把碎稻草兑水和在黄泥里，给它们造了间新房，还准备了一只大铝盆儿，供它们戏水。我善待我的五位房客，备了只从北京带来绘了花的瓷钵，采了一些南瓜花瓣，弄碎拌了些稀粥倒在里边，算是为它们备的第一顿饭。

日子过得快，小鸭长得比日子还快。一晃入秋，我的这些房客们在它们的房子里住了三个月有余，早已褪尽细绒，披了一身厚羽，成了半大鸭，连附近的大芦花鸡见了都惧之几分。

我则依旧如常，对它们精心尽力。我常去不远处牛房后的小水塘边挖蚯蚓，也会拎个小马扎，在水塘边撑开坐，垂上半天钓。运气好，钓上鱼，大的归我，小的归小鸭，其乐融融。

一次无所获，收竿回家，走了一段不常走地方。不经意间听到岸边一株衰柳上传来几声断续的咕咕声，我觉得好奇，蹑手蹑脚寻到树下，不高处，有一团用细密枝条围成的窝，里边有一只斑鸠正盯着我看哩。我不管，要知虚实，攀爬上去。斑鸠瞬间离巢飞远，想必它知道奈何不了我吧。我看见窝里有一只小斑鸠，很丑的样子，扁细黑色发乌的喙，稀稀拉拉的灰羽，比我的小鸭难看多了。小斑鸠似乎并不怕人，只是张开嘴，扑打着两翅，做乞食状。我看得有趣，伸手把它从窝里掏出，下树后，小心翼翼地捧在手里。我要把它带回去，而不理会正躲在远处揪心的小斑鸠的娘。这样我的房客又会增加一个，五只小鸭和一只小斑鸠。

回到家后，母亲自然又不高兴，但却没说什么，也许比起其他烦心的事，这已经算不了什么了。

比同小鸭的待遇，我也为小斑鸠造了个房子：一只纸鞋盒，铺点儿细干草和棉絮，就算是新家了。我对小鸭们和新到的小斑鸠一视同仁，绝不厚此薄彼。每天一大早，我起床的第一件事，就是要看看纸盒里的小斑鸠，然后推开透风的苇子门，到门外，抽开堵在鸭舍下方的三块青砖，看小鸭们一冲而出，呱呱地摆身扑翅，结队而去。那是一天中最有趣的光景。

时间一天天流逝，小鸭们从半大鸭长成了青年鸭。小斑鸠也长全了羽翼，不那么丑了，而且同我有了交情，可以从纸盒飞到我的手心了。我呢，想好了，以后，小斑鸠要认这儿为家，就一直住下去，要是想走，我不会留的，来去自由。

直到有一天，我的小斑鸠失踪不见了。先以为它是自己飞走了，不大介意，但看悬在门柱的纸盒，扣翻在地上，碎草棉絮一片狼藉，不免心中有些焦急。母亲收工回来见状说了一句——"是黄鼠狼干的事"，然后就做她的事去了。我心里嘀咕，黄鼠狼是不敢钻进"五七战士"的房子的，虽然我们的席棚是如此简陋。但这事在我心里一时成了疑案，真希望小斑鸠是为寻自由而去。

隔日晚上去捉蛐蛐，第二天睡懒觉，醒得迟，想是门外的已经是大光亮了。我们的席棚是没有窗的，光都自门中来。恍惚间，一声吱呀轻响，一小束刺眼的光从门底射入，门被挤出了一条缝，一只黑猫十分诡异地溜了进来。我惊骇得大喝一声，黑猫瞬间没了踪影。猫是被赶走了，但我知道我的小斑鸠再也回不来了

又过了两个月，快到年底了。一天，母亲对我说，连^[1]里有人将我的小鸭子告到军代表^[2]那儿去了，军代表宣布要将个人喂养的鸡鸭捉拿归案，杀之为快，贡献给劳动在生产一线的五七战士，聊补身子。母亲要我将小鸭捉了去，送到连队食堂。我当然不干！但又无计可施。我知道小鸭们性命难保，无奈中，拿起鱼竿，又去了后边牛房旁的水塘，直到很晚，才回家。听妈妈说，小鸭们已经叫人捉了去，明天开刀问斩，犒劳五七战士。那一夜，我难过极了。两个月之内，我的六位房客皆死于非命。小斑鸠葬身猫口，小鸭们被大家吃掉。悲夫！

一晃都是几十年前的事了，昨日见之斑鸠，又不由想起，往事历历在目。我想那时小鸭小斑鸠们伴于我，就如时下人们之饲阿猫阿狗，大约也是宠物一类。宠物养久了，

---

[1]连，干校的基本单位。
[2]军代表，部队派驻地方工作的全权代表。

会寄托感情的。现在想起，我对我的小鸭小斑鸠们是有些悔意和歉疚的。如果我不从小贩手中将小鸭带到家，或许小鸭会被老乡带走，它们是一定会活到来年早春的；如果我不把小斑鸠从斑鸠娘身边强行带走，小斑鸠也不至葬身猫口。

　　小鸭小斑鸠们是没有灵魂的，如果有，我希望我的长翅膀的房客们，能飞到它们想去的地方，它们的天堂！在那里，没有吃过小斑鸠的黑猫，也没有那些饥肠辘辘的老饕。只有无尽的森林，镜一般水面，和吃不尽的美食…….

2018 年 8 月

我的石头们

我的案头最近摆了一块石头，不是什么有名的品种，是几个月前在安徽乡下的一条半干涸的河道里拾得。石头不甚大，约十五公分高，质微黑，密度不太大，有石皮，沁锈黄色，石面被灰白色线带纹路缠绕，如古画山溪墨色飞白，也似泰山石石筋。石顶部纹路更见清晰，像硬木中鸡翅木般，很有点意思。捡到此石时心中很是高兴，倒真是没费什么功夫，不似那些整日刨山挖玉人，简单得很，就是那么一眼，乱石中就入了我的法眼了。后来还捡了两块，一大一小，也不错，给一起来的朋友了，无它，拿不动，太沉了。己所不欲，要施于人。小的一块随形，像极了土豆，可做手把件。大的一块两倍于我的宝贝，黑白纹理交织，光面，很大气。只可怜那老兄，从安徽回北京，一路连抱带提，苦不堪言！不过话是如此说，但捡石过程特别是捡到一块好石头，心情会大爽！

今年的石缘还不错，除了安徽的这块，十一前在京城还找了一块，石质呢比安徽的那块密度大，也不是什么玉石，但象形，似一非洲土著夫人侧影，头缠裹黄褐色布巾，脸黑黢黢的。此石有趣之处，正反两面皆可翻看。不同的是一面似中年夫人，另一面人像嘴角处略有内缩，变成一非洲老妪。

这石头是从人民大会堂弄来的。那是九月中旬，去人民大会堂天安门管理处取完物，将出院门，看路边一株老松下铺散了一些黑色石子，不由停顿片刻，蹲下翻看，只翻了两下，便翻得这块黑美人石。待起身直腰要走掉，抬眼却见不远处一警卫满脸紧张地站在那，我做若无其事状缓步凑近他，拿了手中的石头，跟他解释，我是如何良民，就是在挑一块看上眼的石头。那小老弟慢慢放松警惕了，再看看我也不像个有坏心思的人，也就作罢，不理了。这石头也就到手了。

好石头偶得，但真的宝贝不可得。我有宝贝的，不吹嘘，是块极似熊猫形的雨花石，大约也是捡的，是母亲上世纪给的，绝品好石头！母亲说因石极像熊猫，只是好玩，便捡了回来，我一直拿它做宝贝，还为它找了只蓝丝绒衬里的小盒，就算是给宝贝置办的房产了。这些年，我有时会把宝贝请出来示与朋友看，朋友看过，都啧啧称奇，都说像极了熊猫。有的还想索取。不客气啦，没门儿！

　　我真的喜欢我的石头们，不知石头们会不会喜欢我，我想应该会吧。不管怎么说，石头们赖在我这，就是有家了，我会善待它们，安置好它们，把它们摆放在最能表现魅力的地方，毕竟它们不远千里来到我这，不易的。

2013 年 12 月 27 日

玩 物

两年前夏季的一天，我被热蒸得无奈，顶着太阳去离家最近的那家浩沙游泳馆游泳解暑。浩沙健身是家在香港上市的公司，里边的设施不错，品种齐全，服务也好。我一推门，一个笑眯眯的服务生便迎上来，我掏出了游泳卡，亮明泳者身份，服务生接过卡，很快乐地引我去前台，为我取了块数字四十四的号牌。然后，想是怕我错进女部，一直带我去了我该去的地方。行进间我的余光瞄着服务员灿烂的笑靥，又低头瞅瞅手里的四十四号牌，心里颇觉得有些怪异。不过，再想想，真要没人领，错进女部也说不准，那可就死定了。

进了更衣室，转开柜锁，更衣，换泳裤，把行头扔进柜子。将走时候，却见右边邻柜有张淡蓝色纸贴，上边有几行歪扭的小字，我觉着新鲜，凑过去看，是张寻物启事。大意是这样：本人前天游泳，不慎在此更衣遗失和田玉佩一件。这个物件是太太结婚时送的，无比的珍贵。承蒙哪位拾到，请告知为盼，有谢。联系方式，云云。我看完不觉有些好笑，这位仁兄运道真的不好，游个泳把太太给的定情物丢了，回去一定不妙。当下世道能找回来那是痴心妄想，人家拾到算是收藏了，说不定也会当成信物送给心上人呢，只要不是送给这位仁兄的老婆就成。还有，一块石头丢就丢了，何必将老婆也搬出来呢。我呢，平时也是看不大明白那些身佩玉饰的男人，总觉得那是女人的玩意儿，男人要佩盒子枪扛土炮才豪迈。

前车之鉴，我可不能学那位老兄。我重又仔细收拾了衣物，上上下下看一遍，小心翼翼把柜子锁牢。踢里踏拉地穿了拖鞋，不回头，游泳去也。

这事儿过了一年，一日闲着无聊，出去逛商城，看喜欢看的龙泉瓷罐。也是一进门，一个服务生把一本图册塞到我手里，我道声谢，拿在手中翻阅，是商城的拍卖图录，按图索骥，我乘扶梯到了二楼。

楼上正在拍卖，干得热火朝天。我没有直接进去，在门口站了一会儿，隔桌办牌的服务生对我说："先生，办个牌吧，办完您就可以在里边拍东西了。"我瞧了她一眼。小姑娘看懂了我的心思："只交伍佰元押金，没拍到东西，完后全数退给您。"我想了想，办就办吧，拿了牌，进去过把瘾。

我进场的时候，里边正拍得欢呢，都是些玉石、翡翠之类的小物件。我不在行，就坐在那翻看图录，翻到一页，上边有一款叫独霸天下的黄翡挂件，挺有意思。我正看着，拍卖师那里已经喊起来："五十四号拍品，黄翡独霸天下。无底价起拍。"我前边有人要了一百元，后边有人出二百元，左右各有人叫了两嘴，就到了四百元，鬼使神差，我抬了抬手，算是五百元。拍卖师毫不犹豫，朝我一指："是您的了，先生。"我吃了一惊，于是那件宝贝从那天起就归我了。

拍卖会继续热闹着，我究竟不是玩家，实在是坐不住，提前离场了。我到退牌处，宝贝和押金相抵，再续五十元佣金，完成了人生第一拍，糊里糊涂地长了见识。

回家晚饭后，去书房把那小物件从饰盒取出，放在台灯下照了又照，琥珀色半透明的地儿，卧一只淡青糯冰种的小蝎子，挺好！我这人平日就是没霸气，有了这，霸从胆边生，气就壮了。那几天，我精神得不得了，隔三岔五都把小蝎子贴身带着逛。

大约是过了半个月，我耐不住寂寞，又去了商城。这次不似上回，有备而至。我围着预展柜整整绕了五圈儿，贴着玻璃看仔细，相中了一件叫英明神武的和田玉挂件，我请服务生拿来看，虽有些糖色，但白的地方极油润，很不错的。谢了服务生，交过押金，领牌径直进了拍卖厅。

我坐在那等拍卖师叫卖英明神武。整个夺宝过程跟前次差不多，只是和我纠缠的买家只有一位，我举一百，他叫二百，一来二去，他喊出一千，我也不含糊，一口一千二吓退了他。可叫价后心里暗忖，这人又何苦来呢。

把英明神武带到家，每每爱不释手，独霸天下又回到小盒里，没别的，喜新厌旧，人皆有之。

现在我有独霸天下和英明神武两件宝贝，就像当年两耳垂肩的刘皇叔求到了卧龙、凤雏二位神人相助，心情爽得很！

后来，我又去过浩沙，是冬天，不是避暑，是锻炼身体。服务生的笑还是那么可掬，一样地开门引领去我该去的地方。我这人怀旧，先去到四十四号柜看看，地方依旧，衣柜依旧，只是那张淡蓝色的纸贴没有了，一点儿痕迹都没了。我下意识地摸了摸我胸口前的英明神武，不觉想起上次纸贴的寻物的那位老兄，也不知他的宝贝找没找到。我想，以后如果能碰见他，一定告诉他，给宝贝起个好名儿，就像我的，叫英明神武什么的，这样先知先觉，不会丢，丢了，也找得到。还有呢，就是我懂了那位仁兄的心情了，因为我也有宝贝了，虽然不是信物。

2014 年 3 月

西单食肆

现如今京城吃东西的地方不少，有东直门的簋街，各大商城里的厨店，正宗大菜，不起眼的小吃，林林总总，不论是宴客，还是饿肚子找地方自己用餐，都很方便，这是早先没得比的。前些时候，与一干儿时好友相聚，说起这个话题，他们也认同。酒足饭饱闲聊，大家总感觉当下吃虽是方便，但比起以前似乎少了些什么。我想了想说是京城的味道吧。各位听了点头称是。我说的意思他们知道，当然不仅仅是菜式的味道，我们充其量是吃货，不是美食家。

我们说的老北京，也不那么久远，三四十年前而已。那时的京城不大不小，长安街也是那么宽，只是街边的大楼没现在那么林立。那会公交车叫公共汽车，有一趟环城跑的叫四路环行，哪来哪去，绕一圈也就四十多分钟。时下北京街市人流穿梭，如过江之鲫，路被塞得满满当当的，那会儿的北京人也多，但比不了现在。说起北京最热闹的地方，大约是王府井、前门、西单，但这三块地界要论吃，则西单居首。我的话吃货们多表赞同，只有一位住在靠近王府井的朋友不大以为然。其实我不是说王府井、前门的不好，只是讲食府之多之精，西单胜过其他两地，待我盘点说完，他也同意了。

那会西单论吃，源头要从六部口往西数起。打头的是两家平民的餐馆。一家叫晋风刀削面，青灰色两层小楼，窝在工商银行储蓄所旁，山西味道，专营刀削面，我见识刀削面和吃刀削面的生涯始于此馆，之前我可是没见过那么弄面条的。一个人肩扛一块长方形面块，左手托牢，右手唰唰地自上而下使一片特制的横片刀贴面下削，短短薄薄的面就落在面案上。那会儿在工厂学徒，下夜班，有时会去吃一碗小肉刀削面，不到一元钱，面味好着呢。

离面馆不远，是一家叫不出名的餐厅，我们都管它叫高台阶，因为它高高在上，去那吃饭要爬二十多级阶梯。和晋风一样，也是家百姓餐厅。高台阶分里外两处：里边正餐，外边早点小吃。印象深的是外店的卤煮火烧，在大堂一角支一口大锅，乳白色的骨头汤用文火沸着，锅里放两排支架，一排撂着带骨的大肉，一排竖着码放一叠圆圆的闷软的素火烧。肉案上的食料有卤好的肥肠、肺、肝、豆腐干、油豆腐。等排队到你时，交了买好的小票，大师傅会从锅里取一块饼，横竖几刀，切个井字块，再把杂碎、白肉剁得啴啴响，然后放入一海碗，淋上配好的汤汁，韭菜花、腐乳、蒜泥，浇勺肉汤，齐活！我去高台阶就是吃那口，端一海碗，坐在临街的大玻璃窗座位，抹着汗吃我的卤煮火烧，得空斜着眼儿向下瞭几眼长安街的风景，很有些君临天下的感觉。

高台阶奔西，就是鸿宾楼饭庄，是家清真老店，地面儿比高台阶阔多了，也气派得多，大红色的门漆泛着大俗的喜庆。鸿宾楼的祖上在天津，一九六三年到的北京城。那里最招人的是两道大菜，一道叫砂锅羊头，我没吃过，据说味道极妙。另一道是红烧牛尾，不贵的时候，我尝过，是一种把牛的尾巴焖得一塌糊涂的菜肴，端上来的时候晶亮而颤巍巍地散着香气，叫你不吃都不成。我这人好思考，边啃吃边想，世间大凡带胶质的食物一定是好东西，像国人爱吃的燕窝啦、鱼翅啦、海参啦、鱼肚啦，都是。当然还有我嘴里的牛尾巴。

再向前一点点，过了长安大戏院，就是庆丰包子铺。早年的老庆丰就是家普通的包子铺，门脸很小，憋屈得很，里边容不了多少食客。记得庆丰的包子无特别之处，品种就是猪肉大葱，但那会儿的东西不假，猪肉是核心，葱就那一点儿，调味而已。包子皮是自然半发的，薄薄的，包子个头比现在胖大许多，褶细密地围一圈，蒸熟后趴在那像一团馒头菊，味道不言而喻，自然比现在好。好在哪呢？也没别的，真材实料，不似现在是大葱猪肉。

出了包子铺，行约五十米，就是西单十字路口了，路的西南角，也就是现在民生银行的地面，原来是家叫同春园的淮扬饭庄。那儿的菜式，服务员的穿着，总让我想起一部叫《满意不满意》的老电影，只是服务员忙得四脚朝天，来不及笑脸相迎，笑脸相送。那时吃饭常常得候桌，看见哪位快吃完了，就守在一旁，守者坦然，吃者埋头苦干毫不在意。同春园小时去过几次，家人点过狮子头，还有小笼包、父辈们喜欢吃的萝卜丝饼。小笼包没得说，精致、味美，就着镇江香醋，匹配透了。狮子头也不错，就是萝卜丝饼没啥意思，不仅从前吃没意思，就是现在吃也没啥意思。但姑姑们不一样，前几年，陪她们去搬了家的同春园，姑姑们点了萝卜丝饼，不但津津有味地吃，还特意多要了点儿带回去吃。怀旧吧，那些似曾相识的味道。

时下川菜行遍全国，国人都喜爱川菜的麻辣鲜爽的怪味道，北京也是。早先西单就有两家有名的川菜馆，一家叫四川饭店，在西单路口南的西绒线胡同；一家叫峨眉酒家，在西单食品商场到百货商场的通道旁。四川饭店有点意思，北京叫饭店的几乎都是宾馆，如北京饭店、华侨饭店，像四川饭店光吃不宿绝无仅有。再一个它有来头，是响应无产阶级老前辈的口味开的店，牌匾都是郭沫若写的。据说当年陈毅等川籍革命家凑在一起，常患吃不到正宗家乡菜，想得抓狂，加上北京也没啥川菜馆，有需求，于是就有了四川饭店。老四川饭店不一般，说是吃饭的地方，不如说是雅宅，是一套四进的大四合院。九十年代老饭店不知何故迁走，出资盘进的是一众港商。八十年代我去过四川饭店，是朋友请客，那会儿人不多，正值秋时，院里摆几盆淡菊，很静。要的菜是回锅肉、麻婆豆腐、一碟泡菜、几小颗菜心，还有担担面，都是正宗川料，口味正，吃得冒汗安逸。饭后出门，回味着那些将军元帅都吃过的菜品，不由得走起路都威武雄壮。

那一家峨眉酒家呢也是数得着的川菜馆，很多川菜老饕都喜欢，食客们最好买的是峨眉酒家的宫保鸡丁，听说那道菜制作极为讲究，什么鸡肉要取年纪轻的鸡公大腿，刀法讲究碎剐花刀蓑字条，调好秘制的料汁烹炒，到酸甜辣麻鲜五味层出，便是地道。当年梅兰芳先生是那的常客，饭饱之余，提笔诗赞。不过以川菜之麻辣，很是替梅先生的金嗓捏把汗。

顺着西单大街，向南有给吃素的人准备的全素斋，有不是支架烧烤的烤肉宛，向北有湘菜老店曲园，砂锅为主菜煲汤的砂锅居，同和居的烤馒头……都是好吃的，只是不知何故众多餐馆独不兴粤菜，也不见鲁菜的身影，这倒有点儿令人不解。

不多写了，言多啰嗦了。恍然几十年，人生似梦，往日街景如昨日戏场，历历在目；一觉醒来，昔日食肆处，拆得拆，迁得迁，如鸟兽散，没了踪影。就是要寻，也难，都散到京城四方了。

前几天去世的美国民谣之父皮特·西格曾写过一支叫《花儿都到哪里去了》的民谣：花儿都哪去了？都被年轻的女孩儿摘走了。年轻的女孩儿哪去了？她们都嫁给男人了。男人哪去了？他们都当兵上战场。士兵哪去了？他们埋葬在坟墓里了。坟墓哪去了？都被鲜花覆盖了。这支歌当年常听，因为喜欢，也会唱，但不甚识味。现在是真的知味了……

2014 年 2 月 26 日

小事情

我住的小区恰似都市里的村庄，闹中有静。地上有绿草，草中有香花，路的边界是树丛，偶尔还可以看见落在树丛下咕咕叫的灰色斑鸠。我有时会早起晨跑，碰巧还能同几条随意着溜达的丧家之犬打照面儿，那时我会加速，唬得它们耳朵背着夹尾巴狂跑。

我们小区的另一道风景线是一堆大楼，我是这堆楼其中一座顶层的房客，我很享受住顶楼的惬意，平日可以居高览风景，逢春节还能在家远瞰四下此起彼伏的烟花，妙不可言。住顶楼好处多多，不一一尽数。只是一利有一弊，不方便的也有，像上下楼，虽有电梯，但人多时还是偶有不便，不过也没什么，耐心等就是了。我住的楼口，有两部电梯，一部很辛苦，二十四时不停歇，另一部早晚人多时开启，每天始于足下要靠它们。前天一早，如往常我准备出行，六点半到楼口电梯处，按下向下指示钮，准备下楼。应该是楼下有人同时按了电梯，两部电梯显示停在六楼，没奈何，等就是了。这时我身边多了一位衣着光鲜的女孩儿，她有些耐不住了，趋前按另一个电梯的钮，大约是想看看哪部电梯跑得更快。我回身看看，候梯的只有我们两个。不多会儿两部电梯齐刷刷一起上来。女孩嘴里嘟囔进梯，大概是对刚才六楼按梯人的抱怨，我紧随其后，电梯一直到底。出了电梯，回头看电梯显示板，另一部电梯还停留在我和女孩儿上梯的顶楼。

出了单元门，看着渐行渐远的女孩身影，不由得有些好笑。其实女孩不该如此心中不快，因为她做了使两部电梯在六楼同时停顿的人做的一样的事情，五十步笑百步，仅此而已。她和我没见到的那位为了自己的一点点方便（姑且说方便，其实十有八九无用功），同时占用两部电梯，小言之给其他人带来不便，大言之，电梯每多上下运行一次，带来不必要的能源浪费，我想他们二位大约都没有想过这些吧。让电梯做这样无效运行，实在是不该。

令人扼腕的是这样不该的事还挺多的。再述一件小事情：京城的夏季天气酷热，人们从外归来，耐不住暑气，一定会打开空调，让室温降下来，散一身热气。我在单位上班就是如此，先推开玻璃窗通气，气流通后，关闭门窗，开空调，同在家一样，简单而正确的程序。但我的程序在单位却未见适用，在热得不得了的时候，单位的办公楼的窗户寻常都是三分之一开着的，要是以为仅仅是开窗散热就错了，这些开着的窗户，几乎都开着空调呢！我曾问及一开窗人，何故？对答，要凉快，也要通风。我一时语塞。因为我知道这样的结果，既无端耗费电能，也会损坏空调。从单位回到小区，我看到的是完全不同的事情，窗户全都紧闭，放置空调外机的楼下，水迹一片，显然都用了空调。而在这里住的人很多上班都能见到。呜呼！还能说些什么！

　　上边两件小事情，本不起眼，但每次见到，如鲠在喉，想说什么，又觉得这类事情本无须说，行为举止应自我规范才好。或许再见到他们，我该告诉他们中国的电七分来自煤炭，节约用电意味对环境的保护。或许他们真的不知而无意识在做，但愿如此。

　　眼见北京整日腾云驾雾，而我们自己每天或直接或间接制造这些东来紫气，自虐乎？自杀乎？无言以答。

2014 年 4 月 18 日

学车记

前些日子,有朋友对我讲要去花钱学车,只是心里没底,所以向我讨教。我打心眼儿里乐意做这种助人为乐的好事,就字字千钧地跟她说,学车这事也没有什么好法子,认真就是了,不能着急,不怕被人骂,厚面皮,开车嘛熟便生巧,总会学成的。她听了我的话,鼓了鼓气,就去学了。

过了些时候,朋友来电话欢天喜地告诉我"过了"。她高兴,我窃喜,果然不出老夫所料。

把一件有些难做的事,当作一个过程,乐呵呵地做,事后回味其中酸甜苦辣,回想起来也有意思,比如学车就是。

我学车是在 2007 年秋,选的北京最好的时节,找的是一家叫公交驾校却见不到公共汽车的驾校,那会儿什么纽约啦北海布伦特啦的汽油指数还不那么高,咱们国家的汽油价不到五元,学车的费用因此还将就,手动挡 2400 大元,自动挡再高个几百元。我就选了最便宜的。报名之后,就去了。

学车要有规矩,不讲规矩开霸王车,要不得!所以学车要上交通法规课,在一间大房子里,几十个人,老老少少凑在一起，听一个有点儿粗鲁的年轻人白唬，不过现在想起来，说是白唬，其实人家讲得还是蛮好的，至今，说的那些道理，我开车时还是遵循着。

大课上了三四天就得上考场了。考场挺先进的，全是电脑，判分自裁，分数立现。考场分内外两处，一拨人在外室候场，一拨人进内场应试。考试是桩严谨的事，我是那种散漫惯了的人，碰到考试这类不能出差儿的事就头疼，不过运气还好，九十分及格，我考了九十一分。也有考不过的，灰头土脸，眼睛直勾勾的，没法子。

笔试过后，就该动车了。第二天按约定时间坐班车去驾校，路上有些耽搁，班车行驶将近驾校时，好像发动机不得劲儿了，声音慢慢地弱下来，最后猛一挣扎，息声不动。司机回头一脸沮丧说，汽车没油了，大家各自请便吧。车上的人听后面面相觑，却也没奈何，只好下车自便了事。

到了车场，迟到了一刻钟，还好带我的师傅性情好，没说什么，便去试车。按师傅的指教，上车坐定系好安全带，右脚刹车踹到底，左脚抵死离合器，右手搬动车挡到一挡，缓缓松开离合器，车居然动了。师傅拍了拍我紧把方向盘的手，叫我放松，去踩油门换二挡。所谓顾前顾不了后，挡没挂上，油门一脚踩到底，瞬间马达轰鸣，黑烟滚滚。师傅看看我，一脸漠然。可能是干这行，天天这样，见怪不怪了。

又过了两天，车摸出点儿门道了，可以去学入库了。现在想起，入库可是个难干的活儿。那天一进场，就看到一个老头儿立在那人被训得满面通红。我的师傅很不屑地努努嘴："考了三次都不过！"我一旁听得心惊肉跳。

跟着师傅，我见到了我的库：两根红白相间的木杆儿，一左一右吊在两旁，间距大约一个半正面车身位，我要做的是倒行逆施，又不能碰到两边的木杆儿。训练是三人共用一辆教练车，一人一次练二十分钟，很快就轮到我了。我像和尚打坐时那样絮絮叨叨地默念着师傅告我的入库要领节点，还好，第一次就顺利过去了。接着又练了几次，偶有失误，但大体还过得去，紧张的心情一下放松了许多。太阳还没落下的时辰，师傅过来对我说，你不用练了，可以走了。我道声谢，临出车场时，回身向老头儿那边看。老人家正全身扑在方向盘上在使劲儿地掰哩！库的两根木杆被碰得晃里晃荡，可怜之人。

不用说，两天以后，我的入库考核一次成功。

后来的日子里，继续埋头苦干，又学会百米加减挡、坡起、侧方入位、单边、过井盖，样样都是技术活。直到有一天我也像我的朋友那样从考场下来，给师傅打电话，告诉我过了，真是心花怒放。我的师傅呢，那颗悬着的心也就放下来了，不光为我，当天的奖金有着落了。前一天，他的两位女徒弟饮恨考场，老兄当天的奖金打了水漂。

时间过得真快，一晃六年，我也成老司机了。谢天谢地，在北京这么复杂的汽车驾驶的环境里，我没闯过一点点儿祸，平安驾驶，也算对得起师傅了。

还有呢，六年前我开车时，北京有车百万辆；现如今五倍不止。

人们好像须臾离不开车了，拼命上路，拼命驾驶，一刻不歇。

我们喜欢汽车已经胜于对蓝天白云的渴望了。

2014 年 1 月

阳光下的万牲园

说起万牲园，一些去过的人未必知道它的名字，但若说它就是北京动物园，人们便有原来如是的感觉。

北京动物园因地处京城西郊，也叫西郊动物园。早年大清国时名号万牲园。光绪年间，有好事者，为讨皇室欢喜，从汉堡贩回一群禽兽，然后浩荡率众进京。据说慈禧和光绪瞧后欣喜不已，着宫内务府圈一片地，围栏造房子，便有了万牲园。

时光流逝，从清廷的覆灭，到民国的兴衰，再到一九四九年中华人民共和国的诞生，至今已百年有余矣！动物园呢，禽兽们来自五洲四海，不远万里，被人们为了一个共同的目标，捉到一起来了。

上世纪五十年代，侯宝林先生曾主演过一部叫作《游园惊梦》的电影，说的是一个不守公共秩序的人在动物园游逛的乐事，拍摄的场景地就是西郊动物园。小时候常去动物园玩，不过每次都要大人带，买票进园。那时候最喜爱看大动物，要看大象、大老虎，觉得过瘾，它们不受欺负，威猛气派，就像看小人书喜欢武艺高强的人一样。常常会想，要是能把这些大动物们放在一起，比比谁最厉害就好了。记得那会儿象馆有两只山一样的大象，它们身旁总是堆几坨丘陵般的粪便。两只大象一头叫阿邦，一头叫阿壮，是越南长白胡须的胡志明老伯送的。二位在我国很过得惯，在它们的领地，长鼻子悠啊悠地卷食着枯黄的干草，我们小孩看得如痴如醉，夸大象有力量。这样的感受持续了好些年，后来大些，看得腻了，移情别恋，到别的什么动物身上了。

到了十几岁出头，正逢阳光灿烂的时光，没大人管教的小孩儿发了疯似的玩儿。那会儿我们去动物园最多，进出潇洒得要死，从来不走门的，大多是大侠般地攀栏蹿上跃下，也有拧缩身子从缺损的竖栏挤过的时候，至今想起，心中颇有些悔意，但当时却惬意无比！没了大人的带领管束，随心所欲，真正快活！

象馆偶尔还是要去，念旧吧，看看阿邦阿壮们，他们有些老了，分量却更重了。还看一头新来的小象，叫米杜拉，是斯里兰卡的班达拉奈克夫人给的，和阿邦阿壮们隔了两代，常常独自一头，没有玩伴，闷声不语地甩鼻子。

那时的动物园很有些其貌不扬的畜生。记得有两只美国麝牛，是尼克松总统送的，形貌中庸丑陋，披毛褴褛，蓬头垢面。我们还礼的是一对惹人爱的大熊猫！

　　还有墨西哥的宝贝儿，天生残废。一种住在水族馆，极小，混沌，成群。令人瞠目的是，它们五官只有嘴，没旁的，瞎子！叫无眼鱼。也不知它们怎么打发日子的，反正没几年就见不到它们了。还有一种叫无毛狗的，真的无毛，丑极，咱们中国的冠毛犬头上还顶一撮稀疏的头发，人家美洲的亲戚，浑身光溜溜的，什么都没留。狗娘光溜溜的，四五只狗儿女也跟着光溜溜的。和无眼鱼一样，现在园里也寻不到它们的踪影了。大概是丑动物不好养活吧。

　　动物们也会生病，动物园的西北角有一条小河，水边辟了一小块地，有几间房，一扇很不堪的破门前竖了一块闲人免进的牌子，这就是动物医院。能翻栏而过的我们自然也不是什么等闲人，出入全如无人之境，隔上几个月，我们就会造访动物医院，看看住院的动物们。我见过一只猴子和一头满嘴络腮胡须的老山羊同居在一起，猴子低着头困在角落，老山羊不停地走圈思考问题。还有一只大熊猫，不知是犯了什么毛病，倒是独居一室，懒洋洋地躬身爬地，没有一点精神，笼子里一地枯蔫儿的竹枝，一定是有些时辰没打扫了。

　　距动物医院不远，是金鱼呆的地方，那会儿动物园的金鱼除冬天外都在外边盆养。盆是用木板材锯在一起，朝外的盆面漆上墨绿色，盆用木架托着，盆里是未处理原木层，贴盆长一层厚青苔，净化水质。金鱼在水中游，品种千奇百怪。眼睛外颤巍巍飘两团透明的气泡的叫水泡眼；鼓鼓囊囊的实心大眼，袭一尾长裙的叫龙睛；一款尾小开叉挺摆有力，两眼顶在脑门儿上的唤作望天，红身是红望天，墨身是黑望天；一团白纱裙裾拖底，顶上鲜红一团肉头的叫红帽。寻常日，我会手撑围栏一盆一盆地看，看到迷处，就妄想捞一条逃走。还好，只是一点儿念头罢了。

金鱼场出口处有一盆小金鱼，多是斜眼缺尾的鱼仔，每当太阳西斜时，会有一个管理员懒洋洋地待在那儿，也不吆喝，明价码，五毛钱一条，随便挑。我也买过几条，回家养几天，多不得活，品种不同，殊途同归，最后都是望天，却是罪孽。

少年的日子很漫长，时光刻度的影子一点点划过。慢慢地阿邦阿壮们很难见了，小米杜拉也长得和阿邦阿壮一般大小。又过了很长时间，阿邦阿壮不得见了，不得而知，呜呼哀哉！

我们这帮小孩儿，同米杜拉、小无毛狗、残疾的小金鱼们一起在阳光下长大，就像那首温暖的儿歌：小鸟在前面带路，风儿吹向我们，我们像春天一样，来到花园里，来到草地上……

2014 年 2 月

置之死地而后生

几天前，我去了趟夏威夷，一是参加表哥女儿的婚礼，凑热闹，助人之美；二则顺道自由行，玩几天。表哥在美国新泽西，表弟从纽约过来，行程有他们安排，自是无忧虑。

我搭乘的是东方航空公司航班，经上海浦东一路顺利地到了夏威夷火奴鲁鲁。一出机场，见到先行从纽约过来的表弟夫妇，相见寒暄几句，心里顿觉安稳。表弟用手机叫了"巫婆"（uber 类似打车软件），几分钟后，车到，一起去预订好的公寓。路不远，车也不快，透过车窗，一路花花绿绿，风景宜人，甚是养眼。

很快到了公寓，是一幢淡黄色的美老式建筑，临街，十几层高。后来我发现，这幢老楼的位置非常之好，差不多可以说是连接市区与郊区的通衢枢纽，徒步游走，极其便利。我是有个习惯，外出到异地，一早都要出走散步，观风景和市井人情，如此住处，正合我意。

到了公寓，卸下行囊，精神尚健，并无劳顿倦意。在表弟夫妇的建议下，一同进市中心闹区，逛了一番。及至疲倦上来，到一家日本餐馆，吃生鱼片、乌冬面，饱食后，回去休息。一天就这样过去，隔日去参加了婚礼，再后几天，优哉游哉，直到有一天……

大约是离开夏威夷的倒数第二天，清晨五六点，同前几天一样早起，将已尽耗电的手机充上电，蹬上轻便的运动鞋，悄声出门。在公寓住了一星期了，楼内路径都走熟了，因为住的是二层，加上电梯老旧，不耐烦等，我没两天上下楼就走楼梯了。那天，我也是轻车熟路，推开走廊楼梯门，直接下楼去也。大约是精神头好，速度微快，过了一层，浑然不觉，竟下到底层，神差鬼使的是，还拧开了底层的门，并做到随手关门。待神情稍定，始觉一怔，廊内全无人迹，头顶处还悬几根长长的吊管，走廊两边门是有的，但间距极长。我始觉不对，回身欲出，门却已被反锁。许进却不得出！一时间有些忙乱，偏又没带手机，如何是好。情急之下，我又想，一条长廊，总会有出处吧。便是入了长城，也总能找到出口，岂有他哉！

稍稍镇定片刻，便沿着走廊，逢门便拧，间或发几声喊，一圈转回，竟开不了一扇门，心里不禁愈发慌张。绝望中，手感一扇极小的铁门有了动静，稍用力，便旋开了。推门而入，一间约三十平的屋子。四面白墙，有灯亮，面壁白墙，有两扇闸一样的铁门，待我还未回过味来，身后小铁门自动关闭了。

我回手拧了一下，又被反锁，无路可退。去扳两扇闸一样门的把手，依旧纹丝不动。小屋静得出奇，绝望加紧张，心跳得将要休克。待缓过一点劲儿，暗忖不妙。如此坐以待毙，晚节不保，老夫今番休矣！此处地下，鲜有人来，一年半载，岂不坐化，木乃伊也！

思来想去，静不下来，心绪如麻。如同死牢中踱步，来来回回。大约绝望了半个时辰，在一次几乎撞到铁门的距离，突然发现门边有一小块黑色面板，因为慌乱扳把手竟没注意，再仔细看，小板上有"pull"的英文字母，我哆哆嗦嗦用手指一按，门开出了一条缝，飘进一缕舞着尘埃的晨光。就像那部老片儿《飞越疯人院》，我用力撑开门，疾速冲出，向上奔走，头也不回。不是不回，是不敢，恰似地狱一遭。

上街面后，如释重负，又如常，观风景，拍照片。

到后来，静下来，断断续续想，又后怕。怕之后，再思想，人生何尝不如此，磕磕绊绊，虽有大惊无却险便好。如此，心定了，趁年华，想干什么，就干点什么吧，抓紧。

2019 年 5 月

本 末

　　若干年前，我在一家专营红木雕的小店买了大小两件木雕。小的雕了一只威武的鹰，大的是两只竹下絮语的小鸟。原本我看上的是小件，一只很英武传神的鹰，展着鹏张的两翼，侧风旋下，粗壮的利爪是顺木根的自然形态夸张巧雕，鹰羽翎毛纤毫毕现，东西不大，横竖二十余公分，但威武慑人的鹰姿尽现其神。店老板见我一直站在那细看，便起身过来，把架上的鹰取下递给我，笑着朝我说："挺好的，我家的东西都是苏工制作，海黄的料，您细瞅。"我将物件放在掌中，细细揣摩，确是件不错的木雕。店老板见我拿住不放，又开口："不贵的，一千元，拿回去做摆件。"我把气沉住，不动声色，回头看店老板："大体还好吧，但也有瑕疵啊，你看这右边的翅膀展得可不如左边的好，忒厚重了吧。"店老板说："那不是毛病，是工匠惜料。"我笑着对老板讲："可否不惜料。"店老板心里明镜似的："哎呀，已做成了，这样吧，九百给您，交个朋友。"我这人讨价不在行，就那么两下子，再说物件确也不赖，就成交了。

买卖成了，店老板来了兴致，对我说："这还有一件海黄的摆件，比那件大些，我拿给您看，兴许您喜欢。"说着从裤兜取出钥匙，屈身旋开下边锁，开柜取出一件红木雕件，交给我看。我接过木件放在柜台上，随手拖过把椅子，坐在那看。这件东西比刚才那件大许多，雕工同样精细，木雕的正面雕得一片剖开毛竹，竹身呈展开弧形向里弯曲，木雕的材料似是木的根部，工匠巧妙地顺势在底部雕成竹根，两只小鸟栖在竹根上呢喃细语，它们纤细抓地的爪儿雕得极活现逼真。木件的外圈雕的是自然生长的毛竹，竹节回弯刻得圆润流畅，除了几小片竹芽别无其他修饰，大约是为了凸显木质纹理的美吧。店老板一旁说："这件木料比那件要好些，是海黄油梨。"我侧身询价。店老板说："看您喜欢，又买了一件了，您出个整儿，三千元一起拿走。"我寻思了一下，这件确实比那件要大一些，至于什么海黄啦，什么油梨不油梨，我也不甚懂，就是看了喜爱。于是把钱掏出，拿了木雕，如店老板说，买了喜好的东西，交了朋友。

两件木雕带回家，自然心生喜爱，摆在硬木多宝阁里，每当书报看得累了，起来舒舒筋骨，在多宝阁前观鹰赏鸟，不亦说乎。

这种愉快赏心的心情一直伴随了好几年，直到有一天我有了新的想法。那是六月的一个周末，我早起用餐，就着阳光靠在沙发上翻报。我看的是份香港报纸，从单位带回的，一叠，极厚，我胡乱翻了两下，看到财经版一版专论红木家具文章，兼论时下各类木头的价值，顺着文章读，说得我心中大动，确是不看不知道，一看吓一跳，海南黄花梨的价格居然是一万五千元一公斤。我在想，家里的两件木雕，买的时候店老板不就是说是海南黄花梨吗。顿时喜从心中生，我扔了报，从沙发跃起，去前厅看我的鹰鸟们，那会是看木头，越看越有趣，心花怒放了好几天。

过了几天，我又想我的木头们得找几个行家看看，验明正身才好。于是我把两件木雕包在一起，放进双肩包，背着跑了三家店面。前两家夸得不得了，告诉我是正宗海南黄花梨，还是油梨。后一家店主把木雕拿在手中，摸来摸去，只说是像越南黄花梨。我问越南黄花梨价值几何？店主言，只有海南黄花梨四分之一。正说间，身边一过客做行家状，扫了一眼，不屑地说这是紫檀柳。我又问紫檀柳价值，那位说不值钱，然后转身出门。我有点扫兴，拿着东西跟着走了。

自那天起，我在家看到那两件木雕，心神便会走，不复有以往的感觉。开始是一丝困惑，后来就困惑得很了，心里总是惦念，这是海南黄花梨呢，还是越南黄花梨？是越南黄花梨呢，还是紫檀柳？

　　直到一天，我在一份口碑不错的报纸上看到一则广告，说北京一家珠宝木器商城约了一干专家为藏友做免费鉴定。我思忖把我的宝贝去给他们看看也好。第二天，起了个早，开车过去，却不料询宝人已聚了一片了。

　　我赶忙进场，穿过人群，要了张号，已然四十开外了。拿了号坐在那儿等，宝鉴得慢，时间过得更慢。

　　耐不住无聊，我从包里翻出那两件木雕，把在手里，很久没这么近距离看了，就像买它们被吸引一样，我托着布把玩。手中的鹰好像刚从天边翔回，英武依旧；摆在膝上的两只小鸟，似离开多日，久违乍见，在竹下啾啾不休。一直心神不定的我忽然冥冥中感受到自然带给我们的难以用语言表述的东西：是工匠们的创造，拜自然恩赐之美，原本就在那。瞬间，我在想，世间的事都有本末的，是一些不相干的事让你走偏，忽视了原本的美好。我喜欢的是工匠精湛的手艺，那是我原本要的，而无关乎木头的价值几何。低头又想，今日之事道理如此，平常世间俗事，又何尝不是。想明白了，宝不鉴也罢。兴已尽，何必见戴！走人。

　　回家的路上，我的心情平静而舒畅。

2013 年 3 月 20 日

成都印象记

两年前在成都玩，和朋友的朋友一起在茶社摆龙门阵，聊的对脾胃，他们说一定要请我去看戏，本想回宾馆歇息的我，看到他们满面诚恳，不容置疑的样子，也只好依了。

傍晚时分，吃了饭，朋友的朋友笑吟吟地带我们走，说去看戏。那是家大戏园子，我们到时见门前拥堵得很，人们大都操川音，兴高采烈，也有金发碧眼的洋鬼子，穿行其间。验了票，进了门，我们人少，刚好有一排位子能坐在一起。

灯火渐渐暗了，幕被徐徐拖开，场子一下静了下来。

一束光聚在台中，一张椅，坐一人，白绸衣，操一把二胡。报幕人说，那人很有名，是艺术家，要演奏的是华彦钧的《听松》。

艺术家果然拉得好，琴在他手中，或拉或揉，或疾或缓，悲情所至，泪难自禁，苍凉愤懑，尽在弓弦。

接下来的叫"手影"，以前未曾看过。台上两米见方，绷起一块白布，当周边的灯渐渐暗到目力只及那方白布时，影影绰绰，如影随形的鲜活动画场景浮现出来了：拖了尾巴的灰狐，蹲居夜巡的猫头鹰，奔逃跳跃的兔儿，缩头张望的龟孙，时而静止不动，时而瞬间乱营。场子里时有小童尖叫，旁边的老外也看得摇头叹息。最叫你意想不到的是当白布拉起时，站在台前的只是一位二十岁左右的后生，他除了挥动的双手，竟无其他道具，真叫人啧啧称奇。听后座一老翁讲，这是当地的民间艺术，那年轻人已是第六代传人了。

后来的节目也都精彩，看家的五颜六彩的川剧变脸，因看得多了，反而逊色了。

场终了，熙熙攘攘的人们四处散去。

已经离开很远了，回首望去，大红的灯笼被一盏盏拨灭。再远些，高些，天际，依稀有星辉朗月。

所谓无心而来无心而去，想起古人何必见戴的心境，我却熊掌鱼肉都通吃，心情大好！那一夜在我成都之行的记忆中真是奇妙无比！

2005 年 5 月

吃之趣想

几天前，两位老同学联系到我，说很久不见，要找地方聚在一起聊大天。我跟他们讲，这是说到我心坎儿里了。老同学又有话，这次聚会要改章立制，弄ＡＡ制，各管各的。我说无问题，好主张！我暗想，其实我是占了这洋鬼子规矩的大便宜了。我们聚会本是轮流坐庄，赶巧轮到我，承蒙同学美意，推倒重来。我也算是拔了新规的头筹呢。

按约好时间，我一早儿寻到了他们定的那家餐馆。在外交部大楼斜对面的一座商厦高层，搞的是海鲜自助。

我来得早，先去了账台，把餐费付了，然后找地方落座。不一会儿，二位同学先后现身。多日不见，分外惦念，免不了热烈激动，你肥我瘦之类。寒暄之后，大家起身入题，自助去也，究竟这美食是要用的。

我平常是很少在外吃饭，偶尔吃请，也是有些局促，吃不爽快。(好友请当别论)我爱去的那些小吃店，什么炒肝、卤煮火烧、延吉冷面之类，来了便吃，吃爽走人。不过自助餐是例外,我喜欢。一是不浪费,我痛恨浪费;二是可以我吃我素,爱吃的一吃到底,不管旁人,而且管够!两位老兄虽来得比我晚,起座的速度却比我麻利多了,他们是熟客,目标明了,直奔主题。我是第一次到这来,托了只大盘,先搞了一番观察研究,兜一圈儿,把各色菜品巡视了一遍,做到心中有数。功夫不负有心人,我很快找到了我的最爱:精细切好码放在长盘里的浅橙色的三文鱼片,配上一小碟调好的料汁,再加一点儿青绿色的日本芥末。我还有不错的发现,一段段白而腴美的牛骨髓盘在钢盘里,真是开心死了,正合胃口。一是味道,二是吸髓不用敲骨了。最让我兴奋不已的是一只台上的大笼屉,揭开一看,一团团被捆了手脚赭红色河蟹,排列得整齐有序,像是等待老夫的到来,美哉,足矣!放开了,今晚就这三样了。

回到桌旁,我受到两位仁兄热烈招呼。他们各自弄了许多海鲜,正大快朵颐呢。盘边已堆满鱼虾们的骸骨。我自不甘落后,落座埋头苦干,享受我的三样美味。他们喝的是青岛啤酒,我喝的是巴菲特老先生一生钟爱的樱桃红可口可乐,我们边吃边喝,受用美食,叙旧聊天,真是快活!

偶尔侧身,见邻桌一对年轻夫妇在哄喂他们的宝贝儿。小孩子很不情愿,躲来躲去,勺子不是碰了鼻子,就是触到头,食物都掉在了地上。我见入嘴的只是一小片苹果,小孩子对手里的玩具比美食更有兴趣。真是少儿不识美食味，可怜天下父母心。想想我们幼时又何尝不是！我们的父母也何尝不是！

宴席终究是要散掉的，天儿聊不动了，肚子也吃歪了，兴尽起身走人。二位在前，我殿后。临到门口，有些不舍，回头一瞥，都是些俊男美女，衣饰光鲜，花花绿绿地埋身在五颜六色的菜式中，似蝶扑花丛，享受美食哩。真想回去和他们再吃一回。可实在是吃不动了！罢了！大吃饮罢掉头东，走人。

出门与二位道别，相约后会有期，乘公共汽车回家。

到家后，我一头倒在沙发上喘气，累了，过一会缓过气，倚靠起来，看窗外夜灯已明，舒服之后脑筋之中有了些畅想。先是对自己感叹。我可不知二位仁兄是如何知道这家美食之地，他们住的距这可是不近，大约是我闭塞了，或是老矣，有些沮丧。沮丧之余，又是愉快。终归是被美食饱腹。我琢磨美食是个好东西，我是个禁不起诱惑的人，色香味俱全，就会身不由己。是晚蟹膏、鱼片、牛骨髓都是我至爱，都进肚了，满满的。只是好吃不一定吃好，坐定细想，太多的胆固醇似乎又有些不妥。再有要忏悔的呢，吃饱了再努力，就会撑着，把本不该吃的吃了，也是一种浪费！我还想，那些花花绿绿的青年们，生便逢时，真好，他们能

在那纵情吃喝（忘记说了，可不便宜），经常享用，钱对
他们似乎不在话下。挨了我，再来吃一回，得要掂量掂量。
或许是他们父辈经常会有些零花钱接济，也许是我想差了，
根本是现在一代人的消费观和我们不一样，就像我们一代
人同我们的父辈的消费观不同，很正常的事。好还是不好，
不得而知，顺其自然了。

　　当然，对社会发展来说，一个简单的道理，只有消费，
才有人肯投资，只有有人投资，大家才能有活干，只有有
活干，干活的人才能拿得工资去消费。如此看，我是有点
老套了，跟不上社会的脚步。不像我的两位老同学，在消
费观上，二位走得比我远。至少在此之前，他们已经享受
过这儿的美食了，也算是对社会有所贡献吧。

2018 年 7 月

俄　导

　　一个月前，我去了趟北欧，是随了众信旅游去的。按行程，我们一行要先入俄罗斯，走一趟莫斯科，再进圣彼得堡，然后西进出境到北欧诸国。对我来说，这是个相当不错的选择。我没去过俄罗斯，确实想去。

　　到莫斯科的时间是上午，我们在莫斯科停留了两天，看了红场、地铁和阔而大的街，饱览了街旁苏联时期建的时代特征明显清一色的建筑群。除了大家要看的这些，我自己还想去看特列季亚科夫美术馆，因为我知道在那里可以看到珍贵的俄罗斯绘画大师的作品。而且，这是旅游合同开列的自选付费项目。可令我失望的是，一行十五人竟只有我一人对此有兴趣，无奈，只好作罢。

　　结束了莫斯科之行，我们坐了俄式的宽敞的列车，磨了一晚时间，慢吞吞地驶进圣彼得堡。列车将到站时，一路陪我们的众信的北京女孩儿说，在圣彼得堡，会有一位讲一口流利中文的俄导在等我们。我听了觉得有趣儿，却不在意。

列车进站停稳,大家都在收拾行李时,我不经意向窗外瞟了一眼,发现一位蓄了小胡须,模样颇似那位著名的好兵"帅克"的先生,一手执小旗,一手按在胸前的一块小牌,白纸黑字,接北京客人。我暗忖,一定是那位俄导无疑了。

果然,下车后,众信女孩儿趋前与这位先生接了头,在圣彼得堡,一切都听他的安排。我们很快在他的旗帜下围了圈儿。事关重要,我也凑得很近,听他讲在圣彼得堡的旅行须知。尽管事先我已听说这位仁兄中文说得漂亮,但他一开口还是让我有些惊讶。这位老兄50岁左右的样子,中等身材,圆圆滚滚,不似典型的俄罗斯人。他迅速明了地讲了防盗防窃之类的话,然后,将小旗扛在肩上,叫我们跟他走。老兄疾走如风,全然不管我们在后辛苦紧追。

好在车停得不远,我等众人放好了行李,顺车门鱼贯而上。车大人少,我们稀稀拉拉坐下,俄导则斜坐在最前边的单座。我有点儿疲倦,打不起精神,似睡非睡。糟糕的是,老兄在介绍自己姓谁名谁时,我已进入断续恍惚之中。我再听到他的声音时,已错过了他的开场白。老兄正不无幽默地跟我们一车人说,上世纪你们曾叫我们老大哥,其实是不对的。我们是小弟弟,你们才是老大哥嘞。你们的历史比我们长得多，我们在基辅建立罗斯时，就那么点儿地方，你们那时已是庞大的中央帝国了。而且，你们的大汗杀过来的时候，我们打不过，只好臣服，被统治了两百年之久。我们俄罗斯的"俄"都是那时大汗统治时带来的。我们呢，一直叫你们契丹，是因为我们把当时来自北方的异族叫契丹。

我知道他并无恶意，不过在陈述一段俄罗斯的历史罢了。不过我也会为我的国家大呼冤枉。其时，哪止俄罗斯，我们自己都屈服了大汗。至于契丹，更是他们对那些来自北方强悍民族的称谓。可此大汗非彼大汗，确实与我们无干。不过，他的话饶有兴味，驱除了我的困意，我愿听他继续。

老兄不紧不慢陈述它的国家不长却很热闹的历史。他讲暴躁而恐怖的伊凡，评价他们的"汉武帝"——彼得大帝。最有趣的是说他们的女王叶卡捷琳娜二世的男宠时，居然精准地甩出"面首"的字眼，令人忍俊不禁。要知道他可是在说中文啊！我想，这一车人，未必有几个能知道这个词的含义吧。

我们要去的地方是十二月党人广场，路并不很远，很快到了。俄罗斯的历史，我了解一些，十二月党人起义也知道个梗概。所以，一下车，为了省时间，我就离了队，自己看去了。我先是围着伊萨基辅金顶大教堂绕了一圈，然后去大教堂后十二月党人广场,我极力凭记忆想象十九世纪初那场对俄国历史有重大意义起义的场景:近二百年前,一群受法国大革命影响具有民粹主义精神的贵族青年军官,在此率部聚集,酿成影响深远的十二月党人起义。列位,老夫今天在这里也算是凭吊你们为理想不惧生死的精神吧,虽然我是外国人。

随后,俄导领着我们一干人跟了上来,老兄边走边讲,对先辈们表示出了极大的敬意。他还提到列宁,称列宁同志对十二月党人有过高度评价,叫他们贵族革命家,说话的语调毫无戏谑之意。在讲到起义失败后,这些贵族军官或被处死刑,或被流放,老兄表情凝重。他告诉我们,那些被流放的十二月党人的妻子差不多都跟随丈夫去了西伯利亚,义无反顾。

"其实,她们是可以不去的。"他用这句话结束了他一天的工作。

临别时,我走到老兄跟前,感谢他的帮助,夸赞他汉语说得漂亮!他只是礼貌地点点头,算是回应,并不十分领情。然后,卷起小旗,斜扛着,挺肚昂头,一点点地从我们的视野消逝。

回到车上,我想,人们常说在一部分俄罗斯人身上,有一些傲气,就像他们的仪仗队的礼兵睥睨不羁,在这位老兄身上也可窥见端倪。后来，我听车上的一位老哥讲，这位仁兄毕业于圣彼得堡国立大学东方语言系，他的中文就是在那学的。还听说，有一次他去西欧出席一次学术会议，会场同声俄语翻译一塌糊涂，情急之下，他竟改听中文，得意之时，让他的同事大大地羡慕一番。

这样的事叫我看，这位老兄怕只是不大喜欢同游人打交道，因为他的心思不在这。俄导，闲差而已。他喜欢做的或已被纳入英国人凯恩斯称之为"摩擦失业"之列，现在做的，不得已而为之。但不管怎样，我都觉得这位仁兄是个可爱而有趣的人，虽然有些傲气，这种傲气有时会拒人于门外，但很多俄罗斯人都会有这些来自俄罗斯民族之源的傲气。

不是吗，在俄罗斯广袤而辽阔的田野上，耸立起了那么多连绵起伏的山峰：用文字窥人鞭挞人们灵魂的托尔斯泰、陀思妥耶夫斯基，和俄罗斯的辞典普希金；用音符谱写俄罗斯乐章的格林卡、柴可夫斯基，和充满异域风情的强力集团；用油彩揭示俄罗斯沉重和苦难场景的列宾、苏里科夫，和描绘风景长卷的列维坦；用坚韧勇敢护卫俄罗斯的统帅苏沃洛夫、库图佐夫，以及朱可夫。当然还有十二月党人的勇气，和曾经的克里姆林宫塔尖上的那颗耀眼红星。

有了这些，生长在这片土地的人，岂能不傲气。

离开圣彼得堡，一路想了许多。当然也有那位俄罗斯导游。我想，可惜在圣彼得堡的时间太短，不然的话，相互多了解一点，说不定还会成为朋友呢。都是题外话了。

2019 年 9 月

丑虫儿

一日下午，听小外甥女开门尖叫，我忙赶过去看，不知从哪来的一只中了招的跛行蟑螂，我赶紧趋前一脚踏死，回头小外甥女已满脸苍白。其实，蟑螂是我最讨厌的几类小动物的一种，以前也怕得不得了。还有比它恶心的，像爬在窗户上的壁虎，一身癞皮，高兴了还会有一泡液体泻出。小时候，总是被老师告诉壁虎是益虫，吃蚊子。可要是哪一天一只壁虎偷偷摸上来，爬在纱窗上快速移动，那才叫人受不了，常常是把报纸卷了个卷儿，猛拍纱窗，壁虎一个蹦极，几秒钟后，楼下"啪"的一声，自由落体。奇怪的是，第二天清早，下楼去看，地上痕迹全无，要是人，早就肉饼了，壁虎也就"啪"一声。晚上月亮升上来时，它还来赴虫宴，照例还是"啪"一下，跌下去。更恶心的还有癞蛤蟆，现在北京见不到，顶多是乡下绿色的小青蛙。真正的癞蛤蟆丑得可以，一团土褐色堆在那，懒懒地蹲居在湿地上，要么一手前一手后地爬行，吃饭的时候，舌头

弹出身体四分之一远,要多恶心有多恶心。记得小时在湖
北干校,有一次深夜,穿过一片萤火虫的稻田,听一处废
弃的旧井房很响的蟋蟀叫,认定是一匹好虫,循着声音蹑
手蹑脚过去,听准了,突然打开手电筒,一下子跳起来,
魂飞魄散,一掌的距离下,一头胖大癞蛤蟆和你脸对脸,
任谁也不捉了,拔腿跑了。回家,恶心了好几天。还有便
是蟑螂。我第一次见蟑螂,是在上海奶奶家,在楼梯过道
帮奶奶剥豌豆,一地青豆荚,一碗绿豌豆,剥完正要收拾,
突然见亭子间楼梯处一只黝黑发亮的虫子疾速走动,直奔
客厅,途中瞬间停顿,辨清方向,又冲逃,奶奶叫蟑螂快打。
哪里还打得到,早没踪影了,我那时才知道什么是蟑螂。
大约过了五六年后,家搬到一家工厂附近,那厂隔壁是家
酒厂,囤了许多粮食,养活了一群小动物,我也常去那玩儿。
有一个夏季,浩浩荡荡的蟑螂大军不期而至,一个车间,
几千总有,品种和上海的不同,中等身材,红红的,我还
见过极品蟑螂,雪白色的。那时人们对付蟑螂是用汽油泼,
一沾就死。再就是蟑螂笔,画地为牢,灵得很,往往尸横遍地,
用扫帚一扫,倒进地沟,哪来哪去。那会儿,常想要是它
们三个在一起会怎样,可是它们三个是不会在一起的,大
约是合不来。

　　后来我慢慢大了,见识多了,也就无所怕了。现在的

小孩子事见得少，有些更是见不到，才惊怕。见多了就会好的。毕竟有些丑的，也非完全无趣，它丑是上帝的安排，就像壁虎癞蛤蟆吃虫，一些洋人拿蟑螂当宠物养一样，有一首歌不是这样唱嘛：我很丑，可是我很温柔⋯⋯

2008 年 6 月

夫战，勇气也

我的少年时代是在一个机关大院度过的。我们的院子很大，里边住了许多人，因为院内机关和宿舍是连在一起的，所以不似胡同杂院儿门脸儿窄小，我们院子的大门阔得很，临街还有个七八度的小坡。上世纪五十年代，改编自老舍先生同名话剧的电影《龙须沟》，片尾处一辆载满了劳动者的卡车，顺坡出门而下，去治理旧社会遗留下的污浊环境的镜头，就出自我们院门。

那会院里院外遮拦少，里外都看得清爽。正对大门的百余米钻天杨绿荫道直抵一幢中不中西不西的建筑——礼堂。听说那礼堂使用了建人民大会堂的尾料，材料当然是好；礼堂北侧是一栋四层高的楼，又有人讲，那楼是用建礼堂的尾料盖起来的，当然同样的好。当年，我们小孩们都管那楼叫"处长楼"（当时有些中央机关与国家机关行政级处局相当），里边住的全是老一辈革命家，从那里进出的小孩儿也自是不凡。

那会儿，我这平头百姓的小孩儿，同那边的孩子们没什么交集，也很少过去玩。一是他们年龄要长我一些，二是麻烦，抬头不见低头见，见到亲切的伯伯阿姨，是要懂礼貌打招呼的，而我不惯于此。虽是这样，毕竟是在一个大院，走动还是有的，但就是这不多的走动，竟让我撞到一件令人血脉偾张的事情，尽管遇之偶然，却记了多年，直到现在还历历在目。

记得是个春天，那天天气晴好，我闲来无事，下楼出去。我住的地方在礼堂南侧，过了礼堂，就是上面说的"处长楼"，那会儿北京没有现在这么多人，大院里人也少，安静。我一人慢步溜达，也无目的，行至"处长楼"拐角处，身后传来一通催得人心紧的自行车阵铃。

我赶忙躲闪在一边，六七个瘦削着发白旧军装的青年，骑清一色的二六锰钢车，擦身急停在我身边，车座都是高高拔起，显得很有份儿的样子。他们大约是去找同党。

我与他们无干，继续我的溜达，只是才走不远，身后传来异响，一阵凌乱的扑打和金属撞地的混杂声。我回身看，是一位居住于此的身材壮硕的大哥，将那群人中的一个擂翻在地，而后咒骂几声，愤然离去。

我见到其他五六人先是惊讶，面面相觑，而后问饱尝老拳那位，可否认识挥拳人。回告："不认识？"又问："为何？"答："拐角处车急，蹭了他。"几人听后并未多言，将倒地的车扶起支好，鱼贯而走，进了单元门洞。嘈杂声中甩出一句——"出去碰见再说！"

我觉得这事就完了，瞥了一眼，人都没影了，就我一人在那，便继续前行，碰到一好友，聊了好一通天。然后折返去大门口收发室取报。这是正事，家里人交代的，马虎不得！

正当我拿了报准备回家，却听到大门口传来阵阵叫骂声，转身看来，是那位身形健硕的大哥赶巧路过，门口叫骂的正是那几个穿旧军装的人。大哥神勇，全不顾有人拦阻，独自一人出门接战，以一人之力敌七人，全无惧色，一度从坡上将那几位压下坡去，几进几退，甚勇猛。片刻之间，稍有停顿，大哥好像有所不支，慢慢退后，边打边退，彼盈，我竭，被克之，直到退进大门。那些人似也不恋战，止于大门，三五分钟，打斗结束，骑车疾走。

大哥退入门内，手捂腹部，脸色有变，对跟前过来看的人说："我被叉了！"可以看见血从衣摆渗出。有脑筋清醒明事理的说，赶紧去医院，于是紧急间，有人陪同去了医院，一点儿没耽误。

就在送大哥去医院没几分钟，懵懵懂懂奔过来的来一位，不问伤，急问伤人者在哪？做积极参战状，大有战斗正未有穷期的意思。好在人已走光，敌我都脱离了战场，英雄无用武之地了。

这便是几十年前，光天晴日，被我从头到尾目击的一件事，至今想来真有些令人瞠目咋舌。那时的男孩儿真是尚武，一言不合，便会动手，分出个高低，全然不计后果。也有妙的地方，会有些女孩儿喜欢这样的男孩儿，同他们在一起，青春拉风。

在把这件事回忆并记录下来后，我想，这么多年了，也不知这些当年勇武的大哥们今安在。我思忖，如果现在他们又遇在一起，或都不会为当年的鲁莽所后悔，老子英雄儿好汉！我又想，也有可能各路迟暮的老英雄们会在相互间的推杯换盏中，相逢一笑，恩仇尽泯。

2019 年 12 月

狗儿之事想起

一日将晚，难得空气清新，我沿着小区林荫道径直出大门，乘地铁赴友人之约。

街上走了十来分钟，天渐暗，隐约能见远处地铁站地标愈发模糊起来。我抬腕看了看表，时间还好，略有宽裕，再说是坐地铁，心里有数，不会晚点。心里想着，脚步也就慢了下来。

快到地铁站时，天又黑了一层，马路的街灯也明明暗暗地亮起来。

匆忙过往的人影中，一中年妇人与我擦身将过时，侧身回头，带哭腔跟我说：

"先生呀，您看见我的狗狗了吗？"

半明半暗中，我被她吓了一跳。"什么狗啊？"

"长灰胡子的小狗狗。"妇人用手在胸前比画着胡须的长度。

"是雪纳瑞？"我说。

"是的啊，您看见了，它在哪呢？"妇人很急切。

"没有。"我哪里见到，不过我知道那种狗的样子罢了。见她有些失望，我对她说："我从南边过来，好像没有这样一条狗，你可以去北边看看。"

妇人听了道声谢，急匆匆向前，没走几步，又折返问："先生啊，北在哪呢？"

啊，找不到北了。我对她说，你走的方向就是。

看着她慌张远去的背影，和她渐弱的"狗儿啊，心肝儿啊"的呼叫，心里忍俊不禁，觉得有趣。

见到友人，把路上的事讲给他听，他也觉得好笑，但以为是寻常事。

我说，时下国人对宠物的亲昵作态，可是有点不对劲儿。友人笑道，你又没养过狗。我不答，一笑了之。

其实我是养过狗的，也喜欢小动物。很小的时候，我读过一本叫《猎人一家》的小书，说的是一个叫善巴尔的鄂伦春猎户成长的事。书中的善巴尔跟着爷爷狩猎，身边常带一条叫库图的猛犬，极其凶悍，野狼也惧其几分。那本小书我读过十遍不止，爱极了。那时常想要是能有一条库图，该是一件多棒的事！可住在北京，终不过是一份梦想。

不承想的是，一个谁也料不定的让人们亢奋的年代突然来了，父辈们要到乡下劳动锻炼，我辈也逃不掉，一齐到了广阔的天地。乡下是个好地方，小孩儿大有作为。大人们很紧张，自顾不暇。小孩们很痛快，无人管束。我们钓鱼、打鸟、捉蛇，最妙的是还养了一条狗，是从老乡那偷的小狗，黑白混杂，四眼狗。我们给它胡乱取了个名，叫黑子。黑子属于我们大家的，虽然只是一条土狗，但是真的，有毛有皮的。那会儿吃饭是到食堂打饭，菜一人一份，粮食随便吃。我们小孩每天轮流拿些吃的喂黑子。狗比我们长得快多了，没多少日子，黑子就成了大狗了。记得我们只要出去玩，黑子多是不请自到，屁颠屁颠地扭着身子，前前后后地跑。在野外黑子自由着呢，到处会女朋友，自由恋爱，行巫山云雨，我们才不管，任它痛快。玩儿累回家，随便丢些剩菜饭，它也吃得干干净净，从不浪费。我们从不担心狗儿会丢，没有的事！冬天黑子一身厚皮毛，冷不着，哪像现在城里的狗，还穿衣带靴，人模狗样！

那狗儿主意也多，平日与食堂的猫咪勾搭在一起，干些诡异勾当。黑子会在田野逮耗子，咬死后请猫咪进餐；猫咪投桃报李，蹿上食堂的蒸屉，扒拉下馒头，给狗儿充饥。这事是被我们小孩儿中的一个发现，时常讲起，觉得十分有趣。

那年代我们就是这样养我们的狗儿，我们绝不宠它，带它玩，去乡间，去水边。狗之于我们，不是什么心肝宝贝，甚至朋友都不是，伴儿而已。我们对狗是，狗对我们也如此。

我把这些旧事讲给友人听，他似乎懂了我的意思。就不再说什么了。

狗儿终究是狗儿，无需我们过度娇宠。让狗儿活得像狗，不要心肝宝贝儿狗人不分，拜托了大娘小姐们。这是我想说的。

2014 年

核桃酪

核桃酪是道甜食，是食后叫人还惦念的那种，但寻常已经很少见了，只有在钓鱼台国宾馆、人民大会堂的宴会上偶尔能品到，说是品，是因为只有在宴会终了，才会被端上：一盏迷你彩绘盖碗，一只小调羹，薄薄的红褐色的糊，微微的水汽漫着枣与核桃的香，常是用过后还想再添，但却不能，因为是宴会，不是星级宾馆、食府，只好作罢。

我第一次尝核桃酪就是在钓鱼台芳菲厅，谁做东已记不得了，能想起的只是烛泪已尽，大家将鸟兽散的时候，一位旗袍女孩托盘排出一碗碗核桃酪，给客人们用。席中有嘴大，喉咙顺的，喝过再要。女孩却站在一边笑盈盈地告知"没有了"，再问甜品名，答"核桃酪"。美女加核桃酪，于是记忆深刻。只是后来在外用餐，无论是宾馆酒家，还是街巷小馆，都寻不到核桃酪的踪影，但据说这道甜品原本是老北京很普通的小吃。

而后的若干年，一天在家中无聊，翻一本带图的旧食谱，看到甜食篇，居然有专论核桃酪制作，顿时精神大好，按照食谱去市场买来核桃、枣、米等材料，回家严格程序，精心研磨，打成红褐色糊浆状，再调些水，文火熬，到香气四溢，摆些糖，盛在小碗中品，果然正宗，不输钓鱼台国宾馆！隔天，老弟带一岁的小侄女来玩儿，又做核桃酪喂她吃，一勺核桃酪吹了又吹，一口下去，小侄女圆瞪双眼，手舞足蹈，还要！后来，有朋友来访，我就会做一道核桃酪，管够。印象中，大家都说好，又多未吃过。其实，一些普通的东西也是最有味道的东西，就像阳光和水，只是太寻常了，以致会被人们忽略。唐人曾有诗句，旧时王谢堂前燕，飞入寻常百姓家，说的是时过境迁，于今核桃酪这道北京寻常小吃进了国宾馆、人民大会堂，市井街面上反倒见不到了，岂不也是一件趣事！

2009 年

江米酒

江米酒，四川人叫醪糟，也叫酒酿，味道极甜，湘西人唤作甜酒。作家沈从文先生是湘西凤凰人，早年沈先生给太太张兆和的婚帖就是颤巍巍地"请乡下人喝杯甜酒吧"，张兆和回沈先生电也是"乡下人喝杯甜酒吧"。甜酒就是江米酒，真是一箱米酒定姻缘，也算美事一桩。

我的印象小时候家里会做些江米酒。那时粮食供应是按人定量的，做江米酒的江米每年每人只有一二斤，市民多用包粽子或做江米酒，也有笨人，蒸米饭蘸糖吃。家人怎样做印象已不深，只记得要去老字号糕点店桂香村买酒药，然后把江米蒸熟，晾凉后拌入酒药发酵，若冬天发酵时间长些，夏天隔夜就行。做好的江米酒酒香浓郁，甜得醉人，吃时还得稀释。很奇怪的，糖不知是从哪里冒出来的，甜得糊嗓子。现在超市卖的袋装江米酒味同白水，没得比！

后来我随父母去湖北"五七"干校，在一个偏僻的小镇住校读书，学校管得很紧，是不准学生随便到镇上的，小孩儿馋，管不住，有时偷跑出去，沿着湿冷的青石板铺成的路，穿过两旁乱哄哄的店铺，到小巷深处的小吃店，花两角钱能买一碗江米酒汤圆，汤圆胖胖大大，四个就一碗。有时坐在临街的窗前吃，赶得巧还可见婚丧队伍热热闹闹走过，时至今日还觉有意思。

　　俱往矣，却不知这样的场面现在还有没有，或许即便有也变味了，就像超市里的酒酿。

2013 年 11 月

老酸奶的味道

小时候家境尚好，每隔些时候，会从父母那得到点儿零花钱，可去买些吃的什么的。那时的钱很值，一角钱可买一斤多棒子面，四五块大白兔奶糖或其他挺多的等值东西。

我第一次喝酸奶用的是攒下来的零花钱。那时候我有一个走得很近的小朋友，他喝过酸奶，说起味道，满脸享受得不得了的样子。在那之前，我可是从没喝过酸奶，被他鼓吹，禁不住诱惑，动了十分心思，跟他去西单的一家糕点店喝酸奶。糕点店挨着有名的西单菜市场，去那买东西的大人很多。店的空间分三块：临街的地方卖干鲜果品，靠里一点是糕点柜，再深一点亮灯的地方，是卖冷热饮的地方，有十来张桌和皮椅。我们去的就是最靠里面的地方。那时买东西是要先付钱的，我的那个朋友要我请他，推脱再三，拗他不过，我破费了，花了两个月的积蓄，用了四角钱，是可以买两本《三国演义》的小人书！

我们俩各自捧了自己的那罐酸奶，找了座，一屁股坐下，各喝各的。那家伙拿到酸奶的时候眼睛就开始发亮，喝的时候任谁不看，埋头苦干，几分钟就见罐底了。我没喝过，动作慢多了，那时的奶罐是青白色瓷，质松，约15公分高，下宽上窄，环装收口的沿儿，用酱豆腐色的细皮筋儿绷着油腊纸，揭开纸就是细腻若南豆腐的酸奶，那时喝酸奶会配一把铝制的小勺，只是喝完连罐带勺不能带走，喝的是裸奶。那时第一次喝，没有觉得味道好，放了两勺白糖，搅来搅去，只喝了几口，剩下的都留给了我的朋友。那家伙毫不客气，喝得干干净净。

后来的事呢，不用说，在小朋友的鼓动下，又请了几次客，还是喝酸奶。慢慢地不用他鼓动，自己也会去，喝出滋味了，不加糖，不搅拌，爱上那口了。这样的光景持续了一两年，直到有一年要随家人去湖北农场干活，没机会喝了，才是个了断。

又想起喝酸奶已是本世纪的事了，只是时过境迁，原来那家糕点店已经没了踪影，我的酸奶引路人也不知现在何方，想想即使与他相逢，怕是也难认得了。喝着新品酸奶，似乎还能品到一丝记忆的味道，只是原来的汁味变了许多。酸奶变得稀薄了，铝制小勺换成吸管，包装改成花花绿绿的塑料盒，小罐装的还有，但味道也差了。

忍无可忍，去年冬季我动了自己做酸奶的念头。我买了蒙牛的小盒益生菌酸奶和百利包鲜牛奶，用一小盒酸奶合上一袋鲜牛奶倒入乐扣盒搅匀，然后揭开暖气百叶栅，将酸奶放置在暖气上，再扣合上百叶栅。两天以后，取出乐扣盒，酸奶上已浮起一层厚厚的油黄色奶皮，奶皮下是细腻浓稠的酸奶，挖一勺，原汁原味！欣喜之情油然而生。

今年一入冬，我又开始做了。不光是想喝酸奶，而且在品酸奶时还会尝到熟悉的味道，还会想童年的那个小朋友可好。尽管他挺小气的，每次喝酸奶都要用我的零花钱。

2013 年 12 月 18 日

马虎事儿

老弟在上海做事，自由职业，干的是摄影行当，到处为人摄像、录影，平日百姓婚丧嫁娶、企业开张、公司上市，都要去，忙得很，也累得很。不过，这行当每天可以接触各色人等，三教九流，常有奇闻异事，倒也不乏味，这样一天天日子也还好过。

老弟每年会回北京住几天，一是探望父母，再也是休息养神。在家闲时，他会讲一些在沪见闻，记得一次将一件旧事讲给我听，听后为之捧腹，在这里说说，博一笑。

老弟讲，一次受人之请，去上海殡仪馆，做殡仪影像记录。一切顺理成章，逝者家人花钱租了间殡仪房，摆了一堆花圈。仪式开始后，大家哭哭啼啼绕了逝者走一圈，算是生者对逝者最后的告别。寻常呢，老弟要做的事情，就是把这些俗事摄录下来，刻制成盘，给逝者家人留个念想。老弟像往常一样一丝不苟做完了他的事，正待卸下肩上的摄像机喘口气，冷不防从门外跌跌撞撞冲进一位戴眼镜的矮小男人，他一边走一边忙乱地别胸前的纸花，嘴里念念有词："对不起，对不起，晚到了，晚到了。"老弟见状，不敢造次，又扛起摄像机，对准男子。

男子径直屈身向前，距棺木四五米处，九十度躬身三次，然后近距离瞻仰遗容。令人意想不到的是，男子不靠近尚且无事，一近距离瞻仰，出事情了。他看了一回嘴里嘟囔起来："啊呀呀，不对了，弄错人啦！弄错人啦！"然后退着转身出门，慌慌张张地到隔壁找他要找的人去了。

人们缓过神来，男子已没了踪影。遗属先是目瞪口呆，而后咬牙切齿，却终没奈何。老弟算有定力，能忍住。要是我，抖这么大一个包袱，早笑场了。

想想这等马虎人，在人家这样生死诀别伤心之时，做了这等马虎事，实在是不应该。我听后问老弟，事后那段影像是否有存盘。老弟笑道，录是录了，没存。我说，可惜了。

说起这类不着边际的事，我也想起一桩。时间远了些，是上世纪满街见自行车的年代。那时候马路上卧车很少，每到街口红灯时，自行车流大如河水，小似溪流，溢满车道。警察们很少顾及汽车，多是忙不迭地去管自行车，什么闯红灯啦、骑车带人啦，管得挺严。违规的人叫警察逮住麻烦就大了。一是勒令站住，而后带到路边，指着鼻子不温不火地训斥，最后罚款两元结案。

　　我遇到的事情是这样，那天我骑车上班快到一个街心路口处，远处红灯闪烁，红灯下戳着一衣帽整齐的警察，以往这是没警察的。我轻轻捏住手闸，让车慢下。就在我骗腿下车时，我的侧后传来咕咚一声响，我回身看，一位一直与我并行骑车带孩儿的男子急停自行车在路旁，车上的男孩儿滚落在地。我看得一头雾水，不知发生了什么事。男子支稳了车，俯下身拉那男孩儿。男孩一脸委屈，不高兴地噘嘴："都不是第一次了，老这样。"原来如此，我一下明白了，一定是男子骑车带孩儿突然看见警察，情急之下，一个紧急制动，骗腿下车，把个孩儿勾下来了，而且不止一次。可怜的孩儿！

　　男子不说话，没事似的把那孩子又墩放在后座，绿灯亮时，推着车，从警察眼皮底下坦然而过。

　　人都有马虎大意的时候，但上述二位马虎的有些过了。一桩事真的把个悲催弄成了白喜事，娱乐了我们；另一桩让孩儿吃了皮肉之苦，父亲的身教似乎也在为孩儿做了榜样。

　　对耶？错耶？不言自明。

2014 年 5 月 29 日

少年旧事

我是在北京的一个大院里长大的。我们那个院可不是大杂院，邻里熟稔；也不是王朔们的军队院子，净是武夫。我们的院是文职机关大院，不大，也不小，虽有办公楼连着家属院，但平时安静得很，少有喧哗，偶尔有之，也是小孩儿们玩耍带来的噪声。

那会儿，院门口正中有一株笔直高耸的老松，极像圣诞树。松后左右各两排钻天杨，铺出一条直道，过一块篮球场，直面大礼堂。我的家就在大礼堂侧面的一幢上了年纪的木结构老楼，我们都管它叫木头楼。

上小学的时候，有一天中午，我回家吃过午饭，背了新书包要去上学，还未到楼下，就听得楼梯口传来阵阵叫喊声："您要杀就杀——吧，你别怜——悯我。"我要赶去上学，不以为意，匆匆下楼。突然间，叫喊变成了急促的啪啪脚步声，一群小孩从我身边四下逃窜，如鸟兽散。我吃了一惊，待回过神儿来，看见一位平素斯文不甘与我们为伍的大哥，飞身从自行车冲下，满面怒容，脸色煞白站在楼门口。我不知何事，心里有点儿慌，躲在一旁。那位大哥是冲那喊叫声而来的，而喊叫的小孩儿早跑得没了踪影。于是大哥骂骂咧咧，推车返回，及至门口，身后喊声又此起彼伏，大哥愤而又回，依旧是拿不到人。这样折返几次，精疲力竭，气急败坏。我呢，这热闹想看究竟，但终是下午要上课，迟到不得，只好走了。

到了下午放学回家，这事叫我放不下，好奇心驱使，找了楼下一起叫喊的邻家小孩儿问缘由。小孩儿眨着眼，笑着向我道来："那厮做作！他不就会下点围棋吗，穷显呗。前几天挺狂，说院儿里没对手，要找大人高手下，托人约下政协的张伯伯手谈，下到中盘，一塌糊涂，崩盘了。张伯伯给面子，下了缓手，那厮装斯文说：'您要杀就杀吧，您别怜悯我。'什么玩意儿！结果风卷残云，一败涂地，舒服了。"我问："这事你怎么知道的？"他笑着说："陪他一同去的说的。"原来如此。

我听了觉得有趣儿，兴奋莫名，相约下次再喊叫我一同去。只是最终没喊成，小孩子的事来得快，去得也快，很快就忘记，丢到了爪哇国，没了。

但于我，确实件乐事，如今想起，还觉得几分可笑，忍俊不禁。

那时的小孩儿，天马行空，无法无天。常常聚在一起，名堂迭出，智慧独具。

记忆里清晰的还有一桩乐事：我们大院里有一个叫魏宏的小孩儿，年纪比我略大，我和他不是很熟识，但见面知道彼此。也是一天中午，我在家里听到楼下球场喊声不断，都是扯破嗓子的叫嚷。我不知何事，以为又是"您别怜悯我"之类。我推开窗户，居高临下观风景。操场上有七八个人在打半场篮球，在篮球场边礼堂的台阶上坐了一排小孩儿，声音是从他们那发出的。我用心听，觉得和先前的不一样，词短句多，喊了不跑，也不慌张。慢慢地我听出意思来了，原来他们在给篮球场打球的魏宏献歌助兴哩。他们是这样喊的："魏国的群众，非常的勇敢，在傻子的率领下，打败了魏宏，占领了魏东，夺取了吴国的大权。"叫喊声整齐划一，小孩儿们在这方面有的是天赋，无需指挥，自成一体。

我在窗前看的乐不可支，缘何而笑？因为这顺口溜把个魏宏一家都扯进去了！魏宏的爹叫魏群敢，便是魏国的群众非常的勇敢；魏宏有一个傻姐姐和一个可爱的弟弟，于是就有了在傻子的率领下，打败了魏宏，占领了魏东；押尾那句夺取了吴国的大权，是因为魏宏的母亲叫吴国权，一位挺好的阿姨，出色的心脏内科医生。魏宏年龄比那位大哥小，个头也不雄壮，自是无法让那些小孩儿闭嘴。他打他的球，啦啦队唱他们的歌。可是我远远地能感觉到他的心里的尴尬，球到手不知如何处置，被一起玩球的同伴斥责。

那就是我们那个年代小孩儿的痛快，快乐得没边儿，直来直去，说谁就是谁。你看我们的顺口溜喊起来，字正腔圆，绝不避讳，大方得很。

少年往事已离我们很远了，后来听说那个叫魏宏的小孩儿长大书读得好，学了医科，再后来，去了澳洲，却不幸患病不治，客死他乡，令人不胜唏嘘。

过去的年代发生了许多事都叫你记得牢。记得台湾有一个叫林海音的女作家写了《城南旧事》，讲的是在民国，她的少女时代，战乱频仍，流离颠沛的记忆。我想，在我们成长年代，没的事！我们生而享受和平的温暖，我们无拘无束地品尝生活的各种味道，这些味道伴随着我们成长，知足了。

现而今，我愿意把这些曾经的味道带来与大家分享。

2018 年 7 月

大 姑

几天前，听父亲说大姑在家发烧，很是担心，毕竟九十七高龄了！那时我身体尚健康，准备找时间前去探望老人家。只是不多时，我也卷入时下波澜壮阔的新冠大潮，无奈担心变成挂念。现在二十多天过去，好在大家平安度过，也算人长久了。

大姑长我父亲五岁，是家中长女，虽与父亲同父异母，感情却非比一般。大约是父亲上小学时，突发急症，腹痛难忍，家中父母一时没了主意。按当时习惯，或准备找个郎中看中医。大姑从外回来得知，力主去看西医，并带父亲去了医院。检查结果为急性盲肠炎，须立即手术。手术要有家属签字方可，大姑便在生死文书上签了自己的名字。都说长兄如父，这确是长姊似母。术后医生说幸亏来得早，盲肠已接近穿孔。父亲捡了条命，大姑有救命之恩！

姚家姐弟六人，父亲居四，下边两个弟弟。在家除父亲外，大姑最受弟妹敬重。大姑从小喜欢文学，喜欢诗词歌赋，无形中也影响着弟弟妹妹。常常是女孩儿们在一起，说《红楼》，背诵唐诗宋词，从中分享乐趣。男孩儿则读《三国》，看《水浒》，兴致所至，拉大旗，做虎皮，舞拳弄棒，动辄"吾乃天罡星玉麒麟"云云，不亦乐乎！直到爷爷从外回来，才偃旗息鼓，鸟兽散。

大姑中学毕业后，考取了东吴大学，读她喜爱的文学专业。那时家境渐入艰难，读书之余，大姑还做过家教，减轻家里负担。因为学的是自己喜欢的专业，所以书读得不错，老师也喜欢这个有正义感简单的女孩儿。大姑说，一次古典文学课，老师出了"满城风雨"，请同学对仗。大姑对了个"半壁江山"，让老师大为激赏。后来，大姑辞别母校，做了与文学不直接相关的事，老师还曾为之惋惜。

在读书的时候，大姑读了一些进步书籍，也受身边的一些地下党同学的影响。但她同我的二姑有约，专心读书。直到有一天，时局混乱，政治腐败，搅得书愈发读不下去了，在地下党员的同学介绍下，大姑加入了地下党，开启了新的人生。

在地下党学运中，大姑认识了在圣约翰大学的姑父。姑父家境优渥，一派上海绅士范，着夹克装，骑一辆摩托，有一架徕卡相机，似富家子弟，但他是比大姑还早的地下党党员。抗战末期，还是青少年的他，只身赶赴皖南参加新四军，后因家的缘故返沪读书。姑父的父亲曾是大革命时期的老党员，白色恐怖时同党失去了组织关系，之后在上海创办建承中学，一是维持生计，二则可掩护革命工作。姑父的家叫宏业花园，是当时上海市委地下工作的秘密地点，非特别情况不能走动。父亲曾回忆，他那时上了国民党的黑名单，无奈去了宏业花园。大姑见了一脸惊讶，随后安排在那住了一晚。父亲说，他在那间小屋角落看见了一架收发报机。

一九四九年，上海解放，换了人间。随着新中国的成立，大姑也从地下党走到前台，开始了她投入一生的教育事业。她先在华东青年报当编辑，然后在尚实中学、曹阳中学任校长。

后来，大姑父从华东工业部调到一机部，大姑也从上海调到北京，继续她的教育工作。她短暂在北京四十三中、六十六中任校长，然后任区教育局局长、市教育局副局长。"文革"时下放平谷，家中无人照料，很是不堪。大约是"文革"末期，她因病在协和医院做手术，用的是针灸麻醉。我看过意大利导演安东尼奥尼拍的纪录片《中国》，其中有针刺麻醉的片段，术者在针刺麻醉下，仍能从容吃水果的镜头。我问大姑当时境况，她只说："痛极。"

"文革"结束后，大姑恢复了工作，又忙了起来。还任了市科教委副部长，直到离休。大姑常说，自己好客，朋友多。我想是这样。岂止好客，桃李满京华！

大姑离休后，我每年都会去探望她。早几年精神极佳，常常是听她讲，姑父在一旁微笑地陪她，很少插话。

后来姑父去世，表姐表哥身体又不大好，弟妹们也只剩我父亲尚健在，其他都先后凋零了，我知道她现在的心情多少有些孤寂，情难以堪。我想人生易老，但能走过她这样的路，人生便有了光彩。不是每个人都能有她那样的经历的。

现在我把对她的挂念结成这点儿文字，一俟疫情过后，我会像以前一样看望她，并把这些文字读给她听。

2022 年 12 月 31 日

又听勃拉姆斯

很久没听勃拉姆斯了，我从收集的 CD 盘中找出他晚年的那部《E 小调第四交响曲》，面朝音响坐定。

夜深沉，在静静的无声中，独自享受穿越时空带给我的宏大而温暖的音乐，和深及灵魂飘浮着金色尘埃的最后一缕阳光……

听勃拉姆斯还是从广播电视开始的。记得有一年，美籍日裔指挥小泽征尔带着他的美国乐团来华，在指挥了德奥古典大作品之后，加演了一首有些谐谑曲味道的音乐，这就是《第五号匈牙利舞曲》。以后知道写曲的是个德国人，叫约翰内斯·勃拉姆斯。

又过了几年，北京建好了北京音乐厅，友人不时会送几张演出票，偶尔我也会去买票去听音乐会。记得有一次一个美国音乐巡回演出组来京，我买票去听。上半场有比才的歌剧《采珠人》中的男声二重唱，叫人沉醉。下半场，两位着燕尾服的德国钢琴家，演奏了勃拉姆斯的双钢琴《海顿主题变奏曲》，让我惊讶不已的是，两台三角钢琴竟俨然汇成了交响的音场，令人震撼！自此记牢了勃拉姆斯的名字。勃拉姆斯是位伟大的作曲家，也是一个性情内敛的人。因为对贝多芬的敬畏，他一生只写了四部交响乐。《第一交响曲》从构思到完成用了 20 年。他同时代的瓦格纳曾说：我信仰上帝和贝多芬。而在勃拉姆斯，上帝就是贝多芬。贝多芬的九部交响乐像横亘在勃拉姆斯灵魂深处的大山，不可逾越。贝多芬打开了浪漫主义音乐花园的大门，芬芳扑面而来，百花竞放，万紫千红。而勃拉姆斯则在这扇门前踌躇不前，然后转身重返古典音乐密林深处的航道，乘着他的独木舟，逆流而行。

记得法国作家罗曼·罗兰在他的小说《约翰·克利斯朵夫》中借主人公之口，斥责勃拉姆斯伪善。罗曼·罗兰是浪漫主义的拥趸，讨厌勃拉姆斯，对特立独行的勃拉姆斯的伟大视而不见。那时，我还没听过勃拉姆斯的音乐，只读过罗曼·罗兰的小说。待有机会听了勃拉姆斯的音乐，一段时间对他的说法颇感困惑。作为崇尚浪漫主义的罗曼·罗兰，罗氏的说法有他的道理，但我觉得如此诋毁勃拉姆斯是不对的。勃拉姆斯确实是在浪漫主义盛行时面朝后看的最后一位有分量的古典主义音乐家，勃拉姆斯的勇气在于，他没有沿着贝多芬劈开的浪漫主义道路前行，他走的是一条捍卫古典主义音乐艰难的回头路，并走出了大名堂。勃拉姆斯是贝多芬身后少数几个能在古典主义宏大建筑上雕刻曲谱的巨匠。

在听勃拉姆斯的音乐时，有时会走神：在贝多芬之后的年代里，能紧跟在巨人阴影下的人又有多少呢？少之又少！在勃拉姆斯的四部交响乐里，我最喜欢的就是那部《第四交响乐》。从一开始，庞大厚重的管弦烘托着感伤温暖的情绪感染着我，思绪随之而起，反复地一层一层触碰逝去的美好。特别是第二乐章中的那段似画的乐思，如泣如诉，似无尽的挽歌，带走了大地秋色，将倒流的黄昏碎影，缓缓送入天际。我每听于此，都会被深深打动，或怅然，或泪盈。

我想，自十九世纪三十年代后，能在一个巨大身影下，续建古典主义交响思维的人，大约不多。我觉得一个是北欧人西贝柳斯，另一个便是勃拉姆斯。只是他们又如此不同。在西贝柳斯，音乐是如此冷峻，而勃拉姆斯的音乐，则是温暖，是秋色漫天。冷雨过后，我更喜欢暖阳。

终曲结束，我从 CD 机取出光盘。一种感恩油然而起，我想我们这一代人是何等幸运！在我们生活的年代，我们享受和平，可以去音乐厅听音乐，也可以足不出户，安静地在家中听那些巨匠们穿越时空的倾诉。那是多么美妙的事情。

很怀念已经远逝的一去不返的时光，犹如在勃拉姆斯交响乐寻找过去的美好……

2023 年 5 月

惊 悚

我曾在北京东郊的一家印刷厂做过很多年工。那会儿，每周六个工作日，而且是轮班倒，不舍昼夜。班是阴一周阳一周，没得挑。人常常熬得精疲力竭，才得一天休息。虽如此，但久而久之，也惯了，大家都一样，没什么。

当时上夜班是寻常事，厂里有夜班宿舍，下夜班可以困一觉儿，只是我几乎不住，常常赶公共夜班车回家。差不多每回坐上车都是后半夜了，窗外的路冷冷清清，车里人很少，几个孤零零的乘客，空荡荡的车厢，寂静无趣的夜路，一天天延续着。

记得一天，正值暑日，天闷热，我上了一班夜车，后半夜气温稍回落，我靠了窗，车行带来外边的风很是受用。车里就是我和一个老头儿。将近鼓楼站，老头儿起身到司机位，"您给踩一脚，前边。""得嘞！"司机也不多话，到站，急刹，开门。老头儿晃了几下，下车走人。

车下跟着冲上来的是一位中年女人，女人一上车，就坐在我旁边，夜光下的雪白牙齿对我一笑，我也还了一个笑，算是君子。咣咣啷啷的车厢里，前边司机传来短促而硬邦邦的话："那女的脑筋不灵光，甭搭理她！"我侧眼看了看女人，也无异样，想司机何必如此。行至鼓楼大街站，女人起身下车，临了跟司机说："回见！下次请您把我放在革命最需要的方向盘上。"车站定，司机目视前方，也不搭理，不耐烦地挥挥手。女人知趣，下车回头送出一个诡异的笑。我有些愕然，想司机熟路且熟人，女人真的是癫了。

车继续前行，很快到了西单站，我下了车。街面很亮，空无一人。离家不远了，我一边走，一边想刚才车上的事，觉得十分有趣。想着想着疲惫的步子也变得轻快些了。

西单离家还有不到两站的路，我过了把口的文华文具用品店，拐口奔东，由长安戏院经鸿宾楼饭庄，街面儿终于见人了，而且是两位。一位推自行车人，另一位是个醉酒人，被绳子固定在后架上，四体朝下，面条一样柔软，摆来摆去。我匆匆从他们身边赶过，暗忖这个样子怎么走得远。果然，我刚过不远，身后传来人扑地的闷声，回头一看，醉汉已从车架上滚落在地，推车人站在旁边束手无策。我回过身来，到推车人跟前，和他合力扶起醉汉，费力把他放在后架，再用先前捆他的绳重新固定好。前后十几分钟，大功告成，推车人自是千恩万谢，然后踹了那厮一脚。

　　我直起腰，回身准备继续回家之路，不经意抬头，瞬间大骇！西边长安街路面已截然分为明暗两部分，黑暗像潮水涨起，没有些许层次，吞噬着一切。明处华灯一盏盏退入黑幕，无影无踪。街面静得没有一丝风，也无一点声响，恐惧像推土机般推进，近在咫尺。缓过神儿来，奔跑的冲动压倒了一切，像被一头巨兽追逐，我头也不回地开跑。

　　我不敢有稍许停顿，只看见远处微光，而我已陷入在漆黑一片的喘息中……

　　家到了，风也到了。我跑进居住的小木楼，雨接踵而至。匆匆上楼，惊魂未定，隔着窗，外边暴雨如注。额头顶着玻璃窗看窗外，我不由地想那位推车人和车架上的醉鬼怕是难逃一劫，或许推车人踹那累赘也不止一脚了！还有那癫女人和没了踪影的公交车。不得而知。

　　自那以后，再大的雨水也见得，但却没有一次来的让我如此惊惧。细想来，只缘那无声的黑暗笼罩，而灵魂又陷入其中。

　　人一辈子总会遇到大大小小的事情，有的记住了，有的记不住，有的值得记住，有的不记也罢。只是随着岁月的飘逝，能沉淀下来的并不多。是夜便是我忘不掉的。

　　大约十数年后，我在中国美术馆看到爱德华·蒙克的油画《呐喊》，便会想起以前那曾经的夜晚，突如其来的的惊悚通过视觉一点点进入内心被放大，身临其境的感觉不禁油然而起……

2023 年 2 月

无厘头

我有两辆老爷车,都是自行车老牌子。一辆是凤凰牌赛车,大约是上世纪七十年代的,中看,没啥用,被束之高阁。另一辆也是凤凰牌,寻常百姓家的半链套,年代要近些,八十年代初的,老旧,至今为我所用。

现如今的共享单车,我从未碰过,因为我有凤凰老爷车。我时常会骑行,去我们那一家叫个美廉美的超市买东西,或干其他什么事情。有点可惜的是,美廉美超市在几个月前寿终正寝。

我知道,现在自己有自行车的人已不常见,但我还是我行我骑。一是习惯使然,二图方便,三健身环保,何乐不为!所以我很少汽车代步。

我的那辆凤凰车,前边有一个金属制小筐,是用来搁各样东西的。小筐年头也久,且筐眼大,所以筐里总是要放一块无纺布,以防东西漏掉。一直以来,我会每半年左右换一块。但今年初始,出现了让我摸不着头脑的事情,小筐里的无纺布不知何故,几天一次,不翼而飞,持续两星期后，颇有些不便与无奈，也无法，好在也不是什么大不了的事儿。无意中，我想起，上世纪九十年代我去中国音乐学院的旧事，干什么去忘了，记得清的是，在音乐学院的一处墙角旮旯，看见有几袋水泥，水泥袋缝隙间插了块木板，板上墨迹曰："别拿了，这是私人的！"公私分明。令人忍俊不禁，却不失为一种办法。

想到这，灵感乍现，依样画葫芦。那会儿还在新冠疫情末端，我随手把口罩取下，系在车筐上，有警示有染病风险勿碰之意。系完，颇有几分得意，以为没问题了。

谁知，不到三天，布垫照失不误。——防不胜防啊——我不禁想起了范伟小品的这句台词。

我回过头思忖，怕是碰到硬茬了，口罩的警示没起作用，如此，随它去了。只好再找块布垫上了事。

后来疫情告一段落，大家都正常了。我的车筐里的垫布也没人动了，直到现在好好的。

美国新闻界对什么是新闻有一句经典概括：狗咬人不是新闻，人咬狗才是。对我来说，垫布失踪的事，算是人咬狗吧。再有，这件事引起了我两段旧忆，也是有趣。

在我们现在的日子里，幸福多多，可有趣的事却不总是经常发生。

2023 年 10 月

松 松

　　月初，与美国的表哥夫妇结伴国内旅行。他们在江西宜春有处住房，所以约好宜春先聚。他们从新泽西州来，我从北京去。我们并无计划，大好河山，风景旖旎，行到哪算哪，只博个好心情。

　　我们先去了三清山，这是我的主意，盖因北影程大哥力推，他是做摄影的，应该不差。我们是傍晚到的三清山。当晚住下，也算顺利。第二天上山，沿栈道曲行，置身云雾奇石，时有天蓝，又或山绿，脚下野花星星，真是好景致，不枉来一回。无怪当年老道们觅得此处栖身，确是妙去处。

　　我们在三清山仙游两天，饱览风光，畅游了。其后，表嫂提议，去赣东北婺源，我们都没去过，觉得不错。于是第三天一早，辞别三清山，奔婺源去也。

　　到了婺源，天渐晚，先要找个地方住下。我和表哥都是随意懒散之人，见前边有家宾馆，便径直寻去。宾馆不大，约四五层楼高，名曰：松松商务宾馆。宾馆门户大敞，似有纳天下客的海量。门厅摆放几件旧沙发，墙壁处博古架胡乱放了些瓷瓶。前台有一台老旧电脑，电脑旁放了几个本本，只是大厅空无一人。

我们放下背包，大了嗓子喊了两声，却是无人理会。表哥看见台面贴了一张纸条，上面是宾客有事可打电话云云，并附号码。表哥按顺序拨打，却无接听。表哥也是见多不怪，继续坚持。对面终于有了动静。传来的是老板娘的声音：有事回不来，叫我们先住下，房价好商量，门卡在那些小本本下，随意哪张。

我们听了，面面相觑，有点儿诡异。既如此，便按老板娘指示，从小本下寻出门卡，上楼入住。

晚餐在附近一家叫红小厨的餐馆用的。店老板非常热情，吃完饭后，店家告诉我们，不远有一个叫婺女洲度假村的大型娱乐场，是游玩解闷必去的好地方，建议我们到此一游。于是，我们去了那里。

果然，婺女洲度假村是个好去处。人流如织，而且有趣。满村的少男少女，或古装翩翩，或悄声笑语。搞得我们精神大好，老迈反被青春扰！霓虹彩灯之下，悠然漫步，何其欢快自得。有意思的是，街的尽头，还有一座闪着蓝光的塔。既来之，则观之。当然要进去看。与塔身的炫蓝不同，塔内的陈设现代而简单，四壁挂满了文字条幅。内容都是宋以来程朱理学的语录，不外仁义礼智信之类。

表哥夫妇尚有游兴，但那晚天阴冷，我穿得少，不耐寒，便辞了他们早回去了。

回到宾馆，第一要做的是开电视，那几天正逢哈马斯往以色列乱丢火箭弹，有热闹看。可我发现电视打不开，且不得要领。我敲门求助隔壁房客。门微开，一个手臂刺青的人唬了我一跳，在知道我的来意后，干脆地说了声不知道，随手摔上了房门。没法子，只好乘电梯到一楼找人。进梯后，里边已有一着黑衣小个子男子，这人冲我诡异一笑。我有点慌，以为是黑社会。到一楼，我出梯到前台，发现依旧无人值守，电话也拨不通。我有点沮丧，又乘梯上楼回房间。出梯时，突然发现，黑衣青年又站在我面前微笑。我紧张地点点头，三步并作两步回到房间。一夜无事。

隔天，我把昨晚的事讲给表哥夫妇听。表哥说，晚些时候，他们回来时见到了老板娘，她身边有一位穿黑衣的青年，和我描述的差不多，可能就是我昨晚见到黑衣人，那是老板娘的儿子，并无不良行为，不过是脑筋有点不灵光了。表哥讲，房价已议定，走时微信支付。

我听后，如释重负，不是黑社会便好。但这旅店确实有点与众不同。先是见不到人，房客各自为家；再是英雄不问出处，无须亮明身份证件，来的都是客，一律平等。

至于房价，随意，您看着办，好说。老板娘似乎也不在意挂账跑不回来，全凭房客思想境界高低。

当日，我们去了篁岭、江村，看了皖南建筑风格的旧民居，拍了些照片，我还求了一方巴掌大小的龙尾砚（图案小巧灵动，但是机雕还是手工雕未知）。尽兴而回。

第二天我们早起离店。六点的婺源，天微亮，我们收拾行李，下到一楼大堂。依旧是空空无人，门向街面大敞。街上静悄稀声。无奈，表哥只能继续拨手机联系。但这次不是无人接听，手机都关了。只有选择扫二维码微信付款，或赖账走人。我们是君子，自是不能赖账。于是表哥按前日与老板娘的约定，足价付款。然后，把房卡压在本本下。一切都是估摸着来吧。

出了宾馆，外边天空隐约阴霾，微雨。回头看这边松松商务宾馆牌匾，不觉忍俊不禁，多看了几眼。这小旅店其实并不商务，倒是真"松松"，而且松得可以，住了两天的店，前厅居然无人看管，还运转自如。

一路走远，心里暗忖，这世界上真是有许多意想不到的事，特别是现今。一些有趣的事发端于不可思议，莫名其妙，但后来竟浩浩荡荡，成了潮流……

2023 年 11 月

斗蛐蛐

七月过了，八月来了，听着远处草地稀疏的蛐蛐鸣叫，不由忆起儿时一段有趣的快乐生活。

大约是上世纪六十年代末，我们都刚刚过了七八九厌似狗的年纪，皮得很。八、九月放暑假，小孩儿没学上，我就用家里给的零花钱买张月票，没白没黑地坐公共汽车兜风，当时小孩们都管它叫遛车。

那会儿的北京城区不大，以紫禁城为轴心，四周环东直门、西直门、德胜门和广渠门，公共汽车也只有 40 路，我们只要花一个月的时间就可以把每路车从头到尾坐上一遍，然后见面相互吹嘘炫耀。待到八月下旬，车遛腻了，晚上也听得到蛐蛐叫，遛车就改为捉蛐蛐。

所谓玩物丧志，大概玩蛐蛐也属于那一类，只是小孩没志好丧。逗蛐蛐打架是一件开心的事，那会儿没有什么精美的斗蟋罐，蛐蛐捉来，最多也就是个小泥盆。我的就更不讲究了，找几个大口的玻璃罐头瓶，洗净，摆些土，有蛐蛐时，剥几粒老扁豆，丢在里边，当饭。

捉蛐蛐也有学问，要有耐性，会听方向，听准后，蹲守在蛐蛐旁，蹑手蹑脚照手电去捉。我的一个伙伴学蛐蛐叫可乱真，弄得蛐蛐们同他一起唱，再捉，能省很多时间。

每晚捉回的蛐蛐分装在不同的瓶罐里，早晨搬出去斗。现在斗养蛐蛐穷讲究，我在上海见过要洗澡、称体重、论级别。那时没那多废话，只要品种认定，不论身材、体重、大小、强弱，连丢了一条腿的残疾的蛐蛐都放在一起斗，凶猛面前只只平等。

蛐蛐一直能玩到九月初，晚秋的蛐蛐就不行了，整天谈恋爱，叫声都变成沙哑的克兹克兹的了，斗志就更差劲儿，还没开战，就丧了，也是英雄难过美人关，不光我们，蛐蛐们也是吧。

光阴如梭，一晃四十年过去了，老北京变化大了，变得叫你认不出了，旧的物件也越来越稀少了，有也像浮在天边的星星，触摸不到了。蛐蛐们呢，也是一样，不多了，就是有，个头也不如前，偶尔被人拿住，也多是放在罐子里，下了注，定输赢，变味道了。

2005 年 7 月

以瓷会友

　　周末无事，骑了爱车去爱家收藏青瓷苑——一家专营龙泉青瓷的店。早先那只是窝在一层的小门脸，去年上了二楼，面积增了两倍不止，伙计也添了两个，应该是生意不错了。

　　青瓷苑的经理小占，个头儿不高，一脸笑眯眯的，仰视你，顶好一个人。因为喜欢青瓷，常去逛，也从他手里购过几件青瓷，彼此也熟识了。小占如常，笑着过来，叫声姚大哥，上周订下的龙泉陶瓷大师潘伯军先生的梅瓶还留着呢。我道声谢，小占悄悄跟我说，很有几个藏友喜欢那瓶子，惦记着呢。

　　小占的话撩得老夫心花怒放，决绝地笑着对他说："那几位痴心妄想啦，我今儿就是取宝贝来的，这是4000银子，加上订金，凑齐，两清。"趁小占翻找证书的当儿，我将那件梅瓶取下，托在手中抚摩把玩。梅瓶是上周四订下的，可说是一见动心。器型不大，高十一公分，圈径最大三十五公分，朱砂薄胎，施厚釉，器物压手。色为梅子青，正且润，想想如东坡词——花褪残红青杏小，嫩却沉。瓶顶盘口处，一抹薄釉光射下呈半透明浅绿，瓶底圈滚一圈厚釉，苹果绿色，有如小圈口翠镯，爱死人了。

一会儿工夫，小占取了木匣，拨开骨销，里面衬的宝蓝色绒布，好马好鞍。我小心地卡放好梅瓶，盖盒，是我的了，心情大好。

"姚哥，不急走，里边喝喝茶，坐会啊。"小占见我要走，边装袋边说。

想想也无事，进去坐坐也罢，刚才赏瓶时就听屏风内有人阔论上海电影译制片厂配音大家，我也有兴趣。进去同几位点点头，算是打个招呼，落座，听他们侃。虽是藏友，却对戏剧、配音有同好，算是瓷为缘吧。

人各有所爱。坐在对面的一位脸皱得像沙皮狗的先生向在座的宣布，他最喜欢邱岳峰先生，他觉着邱先生在《巴黎圣母院》配的弗洛罗神甫语调，阴险得就像神甫的鹰钩鼻子。其他人都笑着说这话到位。其中一位凑着说，李扬有些似邱先生。沙皮狗鼻子堆起一团，满脸不屑说："老鼻子了！"

我没加入他们的讨论，只是在听。我也喜欢邱岳峰先生那带磁性的声线。邱先生能恰到好处把握人物心理活动的分寸感和语态节奏。对邱先生配音最早的印象是早期苏联电影《列宁在一九一八》的那个白俄密探，躲在墙犄角用尖利的嗓音喊："掐死他，掐死他，掐他的喉咙。"我们这些在阳光灿烂的日子成长起来的人差不多都记得这段著名的台词。邱先生是个独特的配音大师，不仅是因为他的与众不同的嗓音，更因为在他骨子里的文化底蕴。李扬就差这点，不多。可有时毫厘之差，艺术上就是十万八千里！现而今很多人不懂得这个道理。

可惜邱岳峰先生正值壮年，却寻了短见。生者对逝者不能苛求，邱先生自有苦衷，抑或太压抑了吧，似弗洛罗神甫，我们不得而知。后来去香港领了遗产的李扬说，他去过邱先生家，斗室，一家老小蜗居，境况有些不忍。可我想，上世纪七八十年代人们生活多如此，其中缘故怕是不得而知。

那一代上影译制片厂的大师恐怕是空前绝后了，就像北京人艺的那些老艺术家。想想吧：导演陈叙一，配音大师尚华、邱岳峰、李梓、毕克、乔榛、童自荣；北京人艺导演焦菊隐，表演艺术家于是之、朱琳、胡宗温、英若诚、郑榕、林连昆、朱旭。虽领域不同，一南一北，却不逊色的。

2005 年，尚华先生故去，那时就感觉上影译制片配音大师年代要终结了，八年过去，一语成谶，罪孽了。无它，没有沃土，花开不艳。

以瓷会友，品茗论艺，神仙过的日子。感谢小占为我等提供的慢节奏的懒洋洋的舒适环境，好像生命的空间瞬间被慢慢拉长了。

　　杯盏已尽，大家起身道别，互报姓名，其中一位还是本家，而且他也看上了我的梅瓶，只是被老夫先下手了。口中虚伪的歉意是要有的，这是我们的传统，内心却大悦，心满意足。起身，打道回府。

　　　　　　　　　　　　　　　　　　2013 年 11 月

糊涂难得

记得上个世纪的九十是年代末，我常在路边报亭买一本叫《证券市场周刊》的杂志。那时，周末早起第一件事就是去买周刊来看，白天研究研究，为晚上梦中发财提供素材。

十年前的传媒不像现在，电脑上网很少，资料也少，基本上就是那么几种证券报刊，后来起了变化，是本世纪的事了。当时我是个证券学徒，崇拜的是沃伦·巴菲特。

巴老是个充满智慧的老头，所有的投资人都佩服他老人家洞察投资先机的本领。他不冒险，总是用最优惠的价格买最值的商品。用巴老如是说的箴言——价格是你付出的，而价值才是你得到的。再有巴老是我们可乐一族的领军人物，老人家一生嗜好可乐，巴太曾戏言巴老的血液里都流淌着可口可乐的液体。虽然巴老买的是可口可乐股份，喝的却是百事可乐。

还有一个令人佩服的人至今不晓其名，说来好笑，与其佩服那人，不如说是佩服他的一句话。那时《证券市场周刊》

的一个叫方泉的人引用的国外一个无名氏经济学家（故意不报姓甚名谁，叫我们仰视）的话：世界上最琢磨不透的两件事，一个是汇率，一个是女人。初听觉得有趣，而后又感到有些道理。这几年经历又多了些，回想起来，这位不知名国外仁兄的话乃真知灼见也。君不见，当今国际货币市场，像个跷跷板，多少年来你上我下，任谁都搞不清爽。所以汇率这玩意，确实高妙，由不得你，也由不得我，不是一个国家说了算，也不是几个国家说了算，谁说了都不算数，来有影，去有踪，你就是逮不着。说女人难懂，想必这位仁兄的切身体会吧，不然就不会有如此经典肺腑之言。不过他的心思倒是挺对咱们中国老百姓的脾胃，不是有句老话叫"少女的心，秋天的云"吗。

洋人是搞经济学的，于是就把个人的感悟也一股脑地概括到他的经济学语录里了。其实想想，不光女人难懂，男人也难懂，恋爱中的男女都有难懂的时候：男人会想尽法子取悦女人，或叫女人读懂，女人也是一样，不过是心思更细一些罢了。就比如一个聪明的女子短期出差前给一个笨拙的男人留下电话号码，是希望每天都能听到他的声音，而笨拙的男人会想，她出差时间不长，她是不是希望等她回来再联系。再比如，聪明的女人在浪漫的极致时会不顾一切，而不大会懂心爱她的男人对她哪怕是一点点的风险的忧虑心情。女人有自己的直觉，对她喜欢的男人的生活背景、身心康健有独

特的推理方式，尽管有时会与真实相距甚远，大概这也不能
说出个对错，只是有时会错过一些美好，而人的一生美好就
出现那么几次。

　　离题远了，说了半天，自己也糊涂了，人世间经济学的
事也好，男女间的情也好，很多是说不太清楚的，想想后主
李皇帝捻着胡须低头怅然，剪不断，理还乱的心情，再坏也
坏不过他了，遇事呢，便释然，凡事也就不必太认真了。

　　　　　　　　　　　　　　　　　　　2008 年

一种怀念

七月，意大利导演安东尼奥尼病逝，好像灵魂中有了约定，不几天，瑞典导演伯格曼也西行远去。我不是他们的影迷，也不是做电影的，关于伯格曼知之不多，只看过他的《处女泉》，还是二十年前的事了。对安东尼奥尼有些了解，是因为他在1972年拍了部叫《中国》的长纪录片。那时我还小，记忆中的安东尼奥尼是不受我们欢迎的，管他叫小丑，说他不对，对中国人民不友好。尽管大多数知道安东尼奥尼的中国人未必看过他的《中国》。

安东尼奥尼的去世使我愈发想了解这位意大利人，不为别的，就是因为他的那部《中国》。几十年过去了，照中国的老话，人已仙逝，没有什么过不去的事情，更何况还是一个老外！有了这个想法，我便去了几个音像店寻碟，虽然不抱太大希望，可还是在一家最不起眼的小店找到了，还是D9的两碟制作！

回到家，已经是晚些时候了，胡乱吃了些东西后，便去书房把盘取来，放在影碟机里，任尘封的历史在影音的长河里缓缓地倒流……

满视野红色的充满激情的色调，牵拉着你的灵魂的《我爱北京天安门》的童声，一下就把我的心拖了进去。只一瞬间，原有的那点漫不经心，就那么一下被熔化了。我看见了我熟悉的那个火红的年代的北京：排着队，整齐划一地去乡下参加夏收双抢的中学生；在自行车上优哉游哉打太极的中年人；围坐在一起读报的人们；令人吃惊的针刺麻醉剖腹产手术中，产妇神态安详地吃水果的情景。最令人生情的是西单菜市场那些售货员熟悉的面容，想起那时我每天要从他们手中把菜买回家，那份亲切的熟悉就像回到昨天。呜呼！难以用语言表达我的心情，看着那一幕一幕的永远消逝的场景，我从内心感激这个意大利人，因为他的执着，他的真诚，他的友善，他的忠实，才给我们留下了宝贵的影像纪录。我不知道自己是不是已经到了每天可以按上苍的旨意沉湎于过去的无尽回忆的年龄，我也不知道生活在我的童年时代的一代人是不是都会像我一样无可救药地怀恋着那个离现在已久远，充满激情的火红的年代，那也是一个曾为一些人诅咒的年代。

看完《中国》，意犹未尽，又取《阳光灿烂的日子》来看，因为在所有的那段历史的电影故事描述中，那是最好的。没有经历过那个年代，你就很难体验到我们童年时愉快而热闹地疯狂快活的心情！我想姜文也许能挪用几个意大利电影镜头，去装饰他的处女作，可阳光灿烂的日子的灵魂，他给不了，谁给的？不得而知，或许是戏中客串小混蛋的王朔，加上抓着粉笔头在黑板书写《中俄尼布楚条约》的冯小刚？反正姜文不行，那时他还小。

等到《阳光灿烂的日子》也看完的时候，天已经有些光亮了，看着窗外天边浮动的红雾，我好像又看到了《中国》的片头的大红色调，那是一种说不出的感受，就像纪录中的故事，还是故事中的纪录，亦真亦幻；就像从窗棂射在我身上的那束阳光，不知是我的灵魂随光的尘埃飘逝，抑或晨光的温暖在抚慰着我不平静的心。

2007 年